www.tredition.de

AF202045

Mick van Hint

1974 in Love

oder das Jahr der Weißen Hexe

© 2017 Mick van Hint

Verlag: tredition GmbH, Hamburg

ISBN
Paperback: 978-3-7345-8796-2
e-Book: 978-3-7345-8798-6

Printed in Germany

Das Werk, einschließlich seiner Teile, ist urheberrechtlich ge-schützt. Jede Verwertung ist ohne Zustimmung des Verlages und des Autors unzulässig. Dies gilt insbesondere für die elekt-ronische oder sonstige Vervielfältigung, Übersetzung, Verbrei-tung und öffentliche Zugänglichmachung.

Es ist ein Missgeschick wenn
man nicht geliebt wird

Aber es ist ein Unglück
wenn man nicht liebt

Albert Camus

1913 – 1960

Französischer Philosoph

Quelle: Zitate.woxikon.de

Kapitel 1 1959-1967

Es war an einem stürmischen Novembertag 1959 in einem kleinen schwäbischen Dorf am Neckar. Die letzten Tage hatte es durch geschneit und einen Räumungsdienst, wie man ihn heute kennt, gab es zu der Zeit noch nicht. Meine Mutter lag mit Wehen im Bett und wartete auf die Hebamme. Hausgeburten waren damals auf Dörfern wie dem Unseren allgemein üblich. Meine Mutter hatte schon zwei Kinder problemlos zuhause zur Welt gebracht. Das zweite Kind, ein Mädchen, ist kurz nach der Geburt gestorben, so dass ich heute durchaus behaupten kann: Ich war ein Wunschkind. Doch diesmal war es anders als bei den vorherigen Geburten. Meine Mutter krümmte sich vor Schmerzen und schrie verzweifelt nach der Hebamme. Eigentlich hätte sie schon längst da sein müssen, doch, wie wir erst später erfahren haben, war sie eingeschneit und musste warten bis sie ein Bauer mit dem Traktor aus den Schneemassen befreit hatte.

Als sie endlich eintraf, war meine Mutter schon nahezu im Delirium und verlangte schreiend und keuchend, dass sie ihr schnell helfen sollte. Die flapsigen Bemerkungen der Hebamme wie: „Stell dich nicht so an, ist ja nicht das erste Kind, das du auf die Welt bringst" verstummten abrupt, als sie bemerkte, dass eine Steißgeburt drohte, und ich, im wahrsten Sinne des Wortes, festhing. Es ging nicht um Minuten, sondern um Sekunden. Zum Glück betrieb sie ihr Geschäft schon lange, denn sie brauchte all ihre Erfahrung bis sie mich endlich geholt hatte. Ich hatte die Nabelschnur um den Hals, mein Kopf sah aus wie ein großes ovales Ei und war blau angelaufen. Der einzige Hinweis auf Leben waren meine Augen, die weit offen befremdend in die Runde blickten.

Ansonsten gab ich keinen Pieps, nicht den kleinsten Laut von mir. Dann musste es schnell gehen, jeder Handgriff saß. Sofort befreite mich die erfahrene Frau von der Nabelschnur, packte mich an den Füßen und schlug mit ihrer flacher Hand mehrmals fest auf meinen Hintern, so dass ich mit großem Geschrei den Schleim abbrüllte, der das Atmen verhinderte. Der Kopf fand langsam wieder zu einer halbwegs normalen Form zurück und auch das Gesicht nahm, zur allgemeinen Erleichterung, wieder eine gesunde Farbe an. Im Nachhinein könnte man diese schwere Geburt auch so ansehen, als ob ich unbewusst spürte, dass die Welt da draußen nicht unbedingt erstrebenswert ist.

Man taufte mich auf den Namen Jens, ein Name, der mir nie gefallen hat. Dies hat sich dann von selbst erledigt, denn alle, außer meinen Eltern und Verwandten, nannten mich bei dem Nicknamen, den ich später im Fußballverein erhalten habe. Meine weitere Entwicklung verlief dann weitgehend unauffällig. Im Grunde interessierte es niemanden, was ich machte oder ob ich überhaupt anwesend war. Zumindest habe ich das so wahrgenommen. Meine Mutter musste immer lange arbeiten und deshalb war es ihr nicht möglich, so viel Zeit mit mir zu verbringen, wie ich es gerne gehabt hätte. Mein Vater war Schichtarbeiter, oft blieb er auch in irgendeiner Kneipe hängen. Ihn habe ich in jungen Jahren selten wahrgenommen und wenn, dann zeigte er uns Allen, dass er der Patriarch, der Alleinherrscher in der Familie war. Sein Wort war Gesetz und alle, auch meine Mutter, hatten sich danach zu richten. Wenn ihm etwas nicht passte, zum Beispiel am Essen oder an der Kleiderordnung meines älteren Bruders, war Demut und Bereitschaft zur Veränderung in seinem Sinne angesagt. Sonst konnte es schnell passieren, dass man seine Hand schmerzvoll im Gesicht spüren konnte.

Um etwaigen Repressalien, in welcher Form auch immer, zu entgehen, verzog sich mein Bruder, er war immerhin zehn Jahre älter als ich, meist so schnell es ging.

Vor unserem Haus gab es einen kleinen Hof, der zur Straße hin durch einen Zaun begrenzt war. Das war die Spielwiese, die mir alleine zur Verfügung stand.

Hinter dem Haus war ein Garten, dort gab es einen Durchgang zum Nachbargarten, in dem sich ein Hasenstall befand. Oft beobachtete ich durch das Gebüsch den alten Mann, dem die Hasen gehörten, wie er sie aus dem Käfig nahm, im Gras laufen ließ und auch sonst große Freude an ihnen hatte. Eines Tages wagte ich es, hinüber zugehen. Das war keine Selbstverständlichkeit, denn ohne ausdrückliche Erlaubnis getraute ich mir nichts, da mir die Folgen wohl bekannt waren. Möglicherweise war dies meine erste selbstgetroffene Entscheidung, die für mein weiteres Leben nicht unwichtig war. Der alte Mann sah mich lächelnd an und winkte mir zu, ich solle näher kommen. Die Hasen faszinierten mich, und der Mann legte mir einen kleinen Hasen in die Arme, der sich gleich mit seinem Köpfchen an mich schmiegte. Das war ein außergewöhnliches und auch nachhaltiges Erlebnis für mich. Zum ersten Mal habe ich so etwas wie Zuneigung gespürt. Das weiche Fell und die sanften Augen streichelten sofort meine Seele.

Ich kann es heute nicht mehr mit Bestimmtheit sagen, aber ich glaube, da war ich zum ersten Mal in meinem Leben glücklich. Ein Zustand, den ich in der Folge selten und in dieser Heftigkeit erst Jahre später wieder, erlebt habe. Von dem Tag an verbrachte ich jede freie Minute im Nachbargarten. Zu meiner Verwunderung hatte mein Vater nichts dagegen. Mit einigen der Nachbarn gab es immer wieder einmal Ärger, nur der alte Mann mit seinen Hasen war einer der Wenigen, mit denen mein Vater gut auskam. Später erfuhr ich, dass er der Jugendtrainer meines Vaters beim heimatlichen Fußballverein gewesen war, und daher Zeit seines Lebens eine Respektsperson für ihn.

Den Kindergarten, in den ich seit einiger Zeit ging, empfand ich auch nicht als Ort, an dem ich mich wohlfühlen konnte. Mit den Jungs kam ich überhaupt nicht klar, mit den Mädels schon eher.

Mit ihnen konnte ich mich über meine geliebten Hasen unterhalten, sie waren auf meiner Wellenlänge. Die Jungen machten eher dumme Bemerkungen und wollten den Hasen an den Kragen.

Dann lachten sie mich auch noch aus. Mich auslachen, das war neu für mich. Bisher hatte ich nur erlebt, dass ich unwichtig war, zumindest habe ich das so empfunden. Auf einmal wurde ich wahrgenommen, in dem man mich auslachte, für mich eine schlimme Demütigung. Eine unbändige Wut stieg in mir hoch und nahm schnell Besitz von meinen Gedanken. Ich schleuderte wahllos Zeichenmaterial, und was ich sonst noch griffbereit fand, in Richtung der Lacher und drohte ihnen alles Schlechte an. Solche Vorfälle wiederholten sich noch einige Male, mit dem Ergebnis, dass ich jedes Mal von der Kindergärtnerin in die Ecke gestellt wurde. Irgendwann war es ihr zu viel und sie berichtete meinen Eltern, ich sei ein aggressives Kind und eine Gefahr für die anderen Kinder.

Zuhause angekommen ging ich auf dem schnellsten Wege in den Nachbargarten. Da fühlte ich mich wohl, dort konnte ich mir meine Streicheleinheiten abholen und weitergeben. Doch was ich dann sehen musste war der größte Schock in meinem jungen Leben. Der alte Mann hatte einen der Hasen geschlachtet. Der Hase hing mit dem Kopf nach unten unter dem Vordach, und der Mann war gerade dabei, dem Tier das Fell abzuziehen. Ich konnte es nicht fassen, meine Gefühle spielten Achterbahn mit mir. Ich war so entsetzt, dass ich keinen Ton heraus brachte, dann aber weinend und schreiend zurück in unseren Hof lief. Meine Mutter, die gerade dabei war, die Wäsche aufzuhängen, verstand gar nichts. Da ich augenscheinlich nicht verletzt war, nahm sie es auch nicht besonders ernst. Ich verkroch mich in meinem Zimmer und wollte mit der Welt da draußen nichts mehr zu tun haben. Was war das für eine Welt? Mir fehlte damals die Lebenserfahrung, um dies beurteilen zu können.

Doch irgendwie spürte ich, dass ich anders war als meine Altersgenossen.

Ich nahm mir vor, nie mehr zu dem Mann mit den Hasen zu gehen und das hielt ich auch durch. Er war immer nett zu mir gewesen, aber nun wollte ich nichts mehr mit ihm zu tun haben.

Der Tag war noch nicht zu Ende und ich dachte, dass nichts Schlimmeres mehr folgen könnte. Da ich mein Zimmer nicht verließ, bekam ich nicht mit, dass die Kindergärtnerin meine Mutter aufsuchte, die immer noch mit der Wäsche zugange war. Sie berichtete ihr von meinen Missetaten und dass sie sich ernsthafte Sorgen über mein Verhalten mache. Als mein Vater später nach Hause kam, erzählte meine Mutter es ihm brühwarm. Backpfeifen hatte ich von ihm vorher schon einige Male bekommen, doch dieses Mal schlug er voll zu. Ich flog in hohem Bogen durch mein Zimmer, er schnappte mich noch einmal am Hemdkragen und drosch mich mit der anderen Hand windelweich. Gegen fünf Uhr nachmittags kauerte ich auf meinem Bett und war am Boden zerstört. Was musste ich heute alles erleben, zuerst wurde ich ausgelacht. Dann musste ich zusehen, wie dem einzigen Lebewesen, für das ich Zuneigung empfand und mit dem ich mich verbunden fühlte, das Fell abgezogen wurde. Und zuletzt noch auf so eine Art und Weise durchgeprügelt zu werden, war zu viel für mich.

Ich wollte nicht mehr leben

Die Monate vergingen, doch dieser in jeder Hinsicht schmerzhafte Tag hat sich nachhaltig in mein Gedächtnis eingebrannt. Ich musste mich in Zukunft cleverer anstellen. Bei den Jungen wurde ich zum Außenseiter, bei den Mädchen jedoch kam ich weiterhin gut an. Das wiederum hat bei den Jungen keine Freude ausgelöst und so waren Streitereien und Missgunst vorprogrammiert. Gefallen ließ ich mir nichts mehr, doch es war wichtig, unauffällig zu bleiben und den Anschein zu erwecken, dass ich mein Verhalten geändert hätte. Keine einfache Sache für mich, denn ich fühlte mich nicht schuldig an dem Dilemma. Was hatte ich gemacht? Nichts! Und doch wurde ich windelweich geprügelt. Verständnis bekam ich allerdings von keiner Seite.

Kein Mensch in meiner Umgebung hat begriffen, warum aus einem sonst so sanften Kind in bestimmten Situationen ein kleiner Berserker wurde. Nun verlegte ich meine Antworten auf die Hänseleien der Jungs nach außerhalb des Kindergartens.

Da packte ich mir den Einen oder Anderen derer, die mir am Tage übel mitgespielt hatten, ab und verpasste ihm ein paar Kopfnüsse. Die Ansage meinerseits, die Klappe zu halten und mich nicht zu verpetzen, machte Eindruck. So beruhigte sich zu meiner Genugtuung die Situation wieder.

Zwischenzeitlich war meine Mutter erneut schwanger, mein Brüderchen Utz erblickte das Licht der Welt. Dieses Ereignis wurde mir mit ungewöhnlich blumigen Worten angekündigt. Wie schön das für mich wäre, einen Spielkameraden zu haben, der immer da ist, und so weiter ... Leider war es für mich alles andere als schön. Allerdings will ich keinen falschen Eindruck erwecken. Wir hatten immer ein gutes Verhältnis zueinander, und im Laufe der Zeit habe ich auch gelernt, ihn zu lieben, wie man einen Bruder halt so liebt. Mein älterer Bruder Gerhard war inzwischen zu unserer Großmutter gezogen. Er hatte die Schnauze voll, er wollte sich nicht länger den Launen unseres Vaters und den oft damit verbundenen Schlägen aussetzen. Deshalb, auch weil er wesentlich älter war, konnte ich nie ein besonderes Verhältnis zu ihm aufbauen. Mit Utz schon, aber nachdem er geboren wurde, war ich komplett außen vor. Hatte man mich vorher wenigstens ab und zu spüren lassen, dass es mich gibt, war nachdem Utz auf der Welt war, jeglicher Umgang mit mir auf Rüffel und gelegentliche Backpfeifen wegen meines ungebührlichen Verhaltens reduziert.

Also empfand ich zuerst die Tatsache, nun einen jüngeren Bruder zu haben, nicht als Verbesserung. Was dann in meinem Kopf vorging, kann ich mir nicht erklären. Ich fing an, pausenlos und laut zu reden, was meinen Eltern gar nicht gefallen hat. Dadurch befand ich mich in schöner Regelmäßigkeit in der Rolle des Störenfrieds.

Es war zum verrückt werden, alles was ich tat hat sich zum Nachteil für mich entwickelt. Ich weiß nicht, aber vielleicht hätte es geholfen, wenn mich in dieser Phase einmal jemand in den Arm genommen hätte. Ob es Folge meiner irrationalen Wahrnehmungen war oder ob andere Umstände eine Rolle spielten.

Keine Ahnung, auf jeden Fall wurde ich zum Bettnässer. Ich konnte das nicht kontrollieren, dieser Zustand hat einige Zeit angehalten und war mir furchtbar peinlich. Jeden Morgen nach dem Aufwachen tastete ich mit der Hand nach unten um zu testen, ob es wieder passiert ist. Was viel zu oft der Fall war. Die Reaktion meiner Eltern war dann auch entsprechend, mein Vater brüllte, dass man von so einem wie mir nichts anderes erwarten könnte und machte gleichzeitig meiner Mutter Vorwürfe. Sie schluchzte vor sich hin, doch sie war so sehr mit anderen Problemen ihrer Ehe beschäftigt, dass ihr nicht in den Sinn kam, wo sie bei meiner Erziehung etwas falsch gemacht haben könnte. Sie selbst hatte es auch nicht leicht, ihr Vater, den sie sehr geliebt hatte, war im Krieg gefallen. Ihre Mutter, zu der sie kein gutes Verhältnis hatte, war als leichtes Mädchen verschrien, deshalb wurde sie von der vorbildlichen schwäbischen Familie meines Vaters nicht akzeptiert.

1966 begann in England die Fußballweltmeisterschaft, bis dahin hatte ich wenig mitbekommen vom Fußball. Ich wusste, dass mein Vater lange gespielt hat, und auch mein großer Bruder spielte Fußball. Meine Mutter war Handballerin, und so ist nicht außergewöhnlich, dass ich, und auch mein jüngerer Bruder diesen Sport von Jugend an mit Freude ausübte. Die Weltmeisterschaft war in aller Munde, auch in der Nachbarschaft. Dadurch konnte ich zu einigen Nachbarsjungen ein kameradschaftliches Verhältnis aufbauen, was vorher nicht der Fall war. Nun hatten wir aber ein gemeinsames Thema, das uns alle, die in der Straße wohnten, ein wenig näher brachte.

Wir hatten Zuhause einen Schwarz-Weiß Fernseher. Eine Berichterstattung von den Spielen, wie es später normal war, gab es noch
nicht. Während der WM trafen wir uns täglich nach der Schule,
denn ich wurde im gleichen Jahr eingeschult. Talente waren wir alle
nicht, aber es hat jedem großen Spaß gemacht, und das war das
Wichtigste. Es gab keinen, der sich in den Vordergrund drängte.
Was mir entgegen kam, ich war sogar einer der besseren, das hat
meinem Selbstbewusstsein richtig gut getan.

Das erste Spiel überhaupt, das ich im Fernsehen sehen konnte, war
das Endspiel Deutschland gegen England. Wir waren einige der
wenigen Familien, die damals schon einen Fernseher hatten. Das
Wohnzimmer war deshalb voll mit Freunden und Bekannten meines Vaters. Das war etwas Außergewöhnliches, denn seither bekamen wir wenig Besuch. Einige spielten noch aktiv, die meisten aber
spielten früher mit meinem Vater zusammen. Deshalb war von
Anfang an so richtig was los in unserem sonst so tristen Wohnzimmer. Ein tolles Erlebnis für mich, ich legte mich ganz nach vorn
auf den Boden, und war sehr darauf bedacht, nicht im Blickfeld zu
sein. Denn heute wollte ich auf gar keinen Fall unangenehm auffallen. Deutschland ging in Führung, was sofort Gejohle und Jubelge-
sänge auslöste. Doch nach einiger Zeit stand es 2:1 für England, die
Spannung und Aufregung war im ganzen Raum zu spüren. Kurz
vor Schluss der regulären Spielzeit gelang Deutschland der Aus-
gleich. Hatten sich vorher noch einige zusammengerissen und ihre
Aufregung durch Kettenrauchen kompensiert gab, es jetzt kein Halten mehr. Die Männer fielen sich um den Arm, und Hüpften ausgelassen im Kreis herum.

Mein Vater zeigte eine Seite, die ich bis dahin noch nie bei ihm gesehen hatte. Er johlte, klatschte in die Hände, und lachte lauthals,
ein ganz anderer Mensch, als der, den ich sonst kannte. Diese
Stimmung zu erleben war aufregend, ich war hellauf begeistert.
Doch dass mein Vater zu solchen Gefühlausbrüchen fähig war,
habe ich fast noch mehr genossen.

In der Verlängerung fiel dann für England das ominöse Wembley Tor, alle, selbst die Engländer, wissen heute, dass das kein Tor war. Was nun geschah, ist kaum zu beschreiben. Die vorher so freudigen und lachenden Gesichter, verzehrten sich zu hasserfüllten Fratzen. Mein Vater musste von zwei seiner Kumpel festgehalten werden, weil er so in Rage den Fernseher aus dem Fenster werfen wollte. Was dann bei meiner Mutter fast Ohnmachtsanfälle auslöste. Jetzt war er wieder der, den ich kannte, ich verzog mich umgehend unter den Tisch. In diesem Zustand wollte ich mich keinesfalls in seiner Griffnähe aufhalten. Das Spiel endete dann 4:2 für England, was aber niemand mehr interessierte. Das Wohnzimmer leerte sich dann schnell, und die ganze Meute entschwand ins heimische Vereinsheim. Auf beeindruckende Art erlebte ich welche Emotionen der Fußball auslösen kann. Einerseits machte es mich nachdenklich, weil die schlagartige Verwandlung der Menschen auch verstörend auf mich wirkte. Anderseits sah ich beim Fußball auch eine Möglichkeit, mir die Anerkennung zu holen, die ich sonst vermisste, und Teil von dem zu sein, der solche Emotionen auslösten konnte, würde bestimmt spannend werden. So ging ich nach einem ereignisreichen Tag zufrieden, aber innerlich aufgewühlt, ins Bett, und träumte davon Fußballer zu werden. In dieser Nacht blieb das Bett sogar trocken, was jetzt immer öfter der Fall war.

Die Veränderung meines Wesens danach blieb zu meiner Überraschung meinen Eltern nicht verborgen. Ich bekam ein Panini Sammelalbum, das alle Spieler und Mannschaften der Fußball Bundesliga beinhaltete, und das ich mit Begeisterung pflegte. Die Tütchen mit neuen Bildern brachte mir meine Mutter sogar, ohne dass ich sie extra darum bitten musste, vom Einkaufen mit. Ich bin nicht sicher was diesen Sinneswandel mir gegenüber ausgelöst hat. War es die Tatsache, dass ich abgelenkt war und dadurch ruhiger wurde, oder dass ich meine Bettnässer Zeit überwunden hatte? Wahrscheinlich waren es beide Aspekte. Außerdem wurde ich durch eine Vorankündigung überrascht, die ich aufgeregt zur Kenntnis nahm.

Mein Vater, der sonst bis dahin wenig Zeit für mich aufbrachte, wollte mich zu einem Fußballspiel des damals besten Vereins unserer Region 07 Ludwigsburg mitnehmen. Der Verein spielte in der 1. Amateurliga, zur damaligen Zeit war das immerhin die dritthöchste Liga in der Bundesrepublik Deutschland. Ich war einigermaßen verwundert, da dieser Verein meist arrogant gegenüber den kleineren Vereinen in der Umgebung auftrat. Im Ort oder in unserer Familie wurde daher immer negativ über die 07er gesprochen. Nun also waren wir auf dem Weg zu diesem eigentlich verhassten Verein.

Auf der alten Holztribüne nahmen wir unseren Platz ein. Ich ein acht jähriger Steppke mit abstehenden Ohren und einem furchtbarem Haarschnitt, umringt von lauter Männern in biederen konservativen Hosen und Mänteln dazu die passenden Hüte. Mir war nichts anderes bekannt, so kam mir das auch nicht ungewöhnlich vor. Verschüchtert machte ich mich klein neben all diesen rauchenden und laut feixenden Männern. Das Spiel begann, an den Namen des gegnerischen Vereins kann ich mich nicht mehr erinnern, aber an einen Spieler noch ganz genau. Er hatte lange Haare, die ihm über die Schulter fielen und einen Mittelscheitel. Aufgrund seines Aussehens und seinen Bewegungen wirkte er wie ein Fremdkörper auf dem Spielfeld. Mir gefiel dieser Spieler, er strahlte eine Leichtigkeit, Eleganz und Schönheit aus. Sogleich begann ich diesen Außerirdischen zu bewundern.

Bestimmt aber war ich mit dieser Einschätzung der einzige auf der Tribüne. Diese groben, durch den Krieg geprägten Männer machten sich über meinen neuen Helden lustig. Sie lachten und riefen immer, allen voran mein Vater, „Emma hallo Emma, wo hast du dein Nähkörbchen". Wann immer dieser Spieler in der Nähe des Balles war. Emma war abwertend für eine alte Frau gemeint, er ertrug es mit stoischer Gelassenheit. Als der Ball ausgerechnet genau auf unserer Höhe ins Seitenaus trudelte, kam genau dieser Spieler und wollte den Einwurf ausführen. Das war jetzt ein gefundenes Fressen für den pöbelten Mob.

Sofort wurden ihm die unflätigsten Beleidigungen über sein Aussehen an den Kopf geworfen. Ich mittendrin schämte mich für diese peinliche Situation und der Spieler stand mit blutleerem Gesicht an der Seitenlinie. Langsam verwandelte sich seine Gesichtsfarbe in ein zorniges Rot, sein Geduldsfaden schien abrupt abzureißen. Er nahm den Ball und schoss in mit voller Wucht in Richtung der schlimmsten Gröler. Wie eine Rakete flog der Ball mitten hinein in die Meute, die Pöbeleien verstummten für kurze Zeit.

Dann gab es kein Halten mehr, mein Vater drohte mit erhobener Faust und angeschwollener Halsschlagader in Richtung des nun grinsenden Spielers. Die wenigen Besonnenen, versuchten die völlig Entrückten, die dem grinsenden Spieler an den Kragen wollten, mit weit ausgestreckten Armen aufzuhalten. Der Schiedsrichter verwies den Spieler des Feldes. Er strich sich durch sein langes Haar und ging mit erhobenem Haupt vorbei an der immer noch tobenden Meute in die Kabine. Für mich war er nun ein Held, doch tat er mir auch leid. Ich hatte nie seinen Namen erfahren. Das war meine erste Begegnung mit einer neuen Zeit, die mich für immer prägen sollte. Wie das Spiel ausging, weiß ich nicht mehr und es war auch völlig egal.

Ich hatte eine Erfahrung gemacht, die mich mein ganzes Leben begleiten sollte. Ich hasste meinen Vater und diese ganzen dickbäuchigen Maulhelden für ihre spöttischen und hämischen Kommentare. Es war für mich sonnenklar, so wollte ich nie werden. Damit begann ein langer andauernder Konflikt innerhalb unserer Familie. Ab sofort wehrte ich mich vehement gegen den Friseur. Ich wollte nicht weiterhin mit so einer bescheuerten Frisur herumlaufen, die mich, so sehe ich das bis heute, entstellt hat und wie einen Trottel aussehen ließ. Der Friseur befand sich in unserer Straße zirka zwei Minuten von unserer Wohnung entfernt. Meine Mutter hatte bei ihm immer den neuen Termin für mich ausgemacht, meist ohne es mir vorher anzukündigen.

Mit allen meinen damals bescheidenen verbalen Möglichkeiten habe ich auf den Friseur eingeredet und um jeden Zentimeter gekämpft. Mit dem Ergebnis, dass mein Vater, nachdem er von der Arbeit kam, mit mir nochmal zum Friseur ging, ihn wüst beschimpfte. Als wir wieder gingen, sah ich schlimmer denn je aus.

Die Begeisterung und Leidenschaft für Fußball hatte mich ja schon in den Bann genommen. Ein Ereignis, das mich endgültig zum dauerhaften Fan des runden Leders machte, war das Endspiel im Europapokal der Pokalsieger 1967 zwischen dem FC Bayern München und dem schottischen Vertreter Glasgow Rangers. Nach dem legendären Endspiel 1966 bei der Fußball Weltmeisterschaft in England war dies das zweite Spiel, das ich live im Fernsehen anschauen durfte. Ich saß gebannt und tief in meiner eigenen Fußballwelt vor dem Fernseher und war zum Erstaunen meiner Eltern mucksmäuschenstill. Das war ungewöhnlich, da ich sonst meist versuchte, ihre Aufmerksamkeit durch unaufhörliches Labbern oder andere störende Aktionen auf mich zu lenken. Bayern München gewann das Spiel in der Verlängerung durch ein Tor von „Bulle" Franz Roth mit 1: 0. Seit diesem Abend bin ich eingefleischter Bayern München Fan, was mir zeitlebens von meinen schwäbischen Landsleuten mit Unverständnis quittiert wurde.

Immer wieder musste ich mir deshalb einfältige Kommentare anhören. Doch im Laufe der Zeit lernte ich gut damit umzugehen. Bayern München entwickelte sich in den folgenden Jahren zu der deutschen und auch europäischen Topmannschaft. Ich konnte mit Fug und Recht behaupten schon vor dieser Entwicklung, Fan dieses Vereins gewesen zu sein. Kurze Zeit später durfte ich endlich zum ersten Mal ins Training meines Heimatvereins. Ein paar meiner Schulfreunde waren schon länger dabei. Obwohl wir eine Fußballerfamilie waren und es auch der Heimatverein meines Vaters war, hat er mir lange nicht erlaubt am Training teilzunehmen. Die Gründe dafür habe ich mir nie erklären können. Wahrscheinlich war es eine seiner disziplinarischen Launen, die er oft an den Tag legte.

Ich wurde ins Tor gestellt, das war aber nicht das, was ich beim Fußballspiel wollte. Aber mein Vater sagte vor dem ersten Training zu meinem damaligen Trainer „Stell ihn ins Tor, zu mehr wird es wohl nicht reichen" wieder eine seiner Demütigungen mir gegenüber. Er war sich dessen nicht bewusst wie sehr er mich damit verletzte.

Mit 17 Jahren musste er noch in den Krieg ziehen. Er konnte nichts Herzliches mehr ausstrahlen. Seine Hand rutschte nicht aus, sie kam absichtlich mit voller Wucht. Ich habe oft Schläge bekommen, trotzdem ging es mir, vergleichsweise zu meinem älteren Bruder, noch gut. Er musste die Schläge ertragen bis er 17 Jahre alt war. Ich habe mich, als ich 12-13 Jahre alt war, nicht mehr schlagen lassen. Später habe ich es ihm dadurch heimgezahlt, dass ich mir langsam aber sicher die Haare wachsen ließ, mein Zimmer mit den Postern meiner Helden schmückte und natürlich Rockmusik hörte. Trotz allem kaufte er mir später meinen ersten Kassettenrecorder, das ich ihm hoch anrechnete.

Nun durfte ich also mitspielen oder besser gesagt mit trainieren. Der Platz im Tor war vergeben, und es galt die bittere Tatsache, dass ich erst mal außen vor war, zu verdauen. Die ersten Wochen musste ich mich damit abfinden nur als Ersatzspieler mit zu den Spielen zu fahren, doch dann gab es ein wenig Hoffnung. Der etatmäßige Torwart hatte sich verletzt und fiel einige Wochen aus. Moralisch gesehen sollte man sich darüber nicht freuen, doch das war mir in diesem Moment ziemlich egal. Jetzt musste man mich spielen lassen, wer sollte denn sonst in Frage kommen. Wie so oft im Leben kommt es anders als man denkt. Im Training vor dem nächsten Spiel nahm mich unser Trainer auf die Seite und meinte, ob ich mir zu traue, im nächsten Spiel als Torwart zu spielen. Was ich natürlich mit ja beantwortete. Er wies die anderen Spieler an, sie sollen sich selbständig mit dem Ball beschäftigen. Er nahm mich, und zu meiner Verwunderung einen Feldspieler, der sich manchmal nur so zum Spaß ins Tor stellte, für ein extra Torwarttraining zur Seite. Das empfand ich als völlig überflüssige Maßnahme.

Ich war doch der Ersatztorwart, wollte man mir nicht einmal das zugestehen. Nach diesem Test gab es keinerlei Aussagen, wer beim nächsten Spiel als Torwart auflaufen sollte. Wir wurden angewiesen am Freitag vor dem Spiel, die Aufstellung im Aushängekasten zu lesen. Dieser befand sich in der Mitte unseres Dorfes und war zu Fuß ungefähr zwei Minuten von unserer Schule entfernt.

Am besagten Freitag rannte ich in der großen Pause, so schnell ich konnte, zu diesem Kasten, in dem hinter einer abschließbaren Glasscheibe die Aufstellung hing. Ich traute meinen Augen nicht, was musste ich da lesen. Der Feldspieler, mit dem ich das extra Training absolvierte, stand als Torwart in der Aufstellung. Vor meinem Namen, der erst ganz am Ende aufgeführt war, stand explizit Ersatztorwart. In meinem Kopf drehte sich alles, mir wurde heiß und kalt zugleich. Diese Niederlage tat mir mehr weh als alle Schläge, die ich bisher Zuhause bekommen hatte. Mit hängenden Schultern, mehr schlurfend als gehend, machte ich mich auf den Rückweg. Vor Wut und Enttäuschung liefen mir die Tränen übers Gesicht. Kurz vor der Schule kam mir der alte Mann aus unserer Nachbarschaft entgegen. Als er sah, dass ich weinte, fragte er besorgt zu mir herabbeugend, was denn Schlimmes passiert sei. Ich habe mit ihm, seit er einen der Hasen geschlachtet hatte, nicht mehr gesprochen.

Eigentlich wollte ich ihn nicht einmal mehr grüßen, doch das traute ich mir aus Angst vor Ärger daheim nicht umzusetzen. Aber jetzt sprudelte es zornig aus mir heraus. Ich erzählte ihm, was ich gerade zur Kenntnis nehmen musste. Dass ich doch viel lieber Feldspieler wäre, und jetzt nicht einmal als Torwart zu gebrauchen sei. Er streichelte mir sanft über die Wangen und sagte leise aber bestimmt zu mir „Zeig es ihnen im Training und merke dir, der Torwart hat nicht umsonst die Nummer Eins auf dem Rücken". Als Kind ist es schwierig solche schmerzhaften Gefühle richtig zu verstehen und einzuordnen. Nicht gebraucht zu werden, ist für sensible Menschen ein hartes Los.

Die Sehnsucht nach ein kleines bisschen Anerkennung, die mir bisher weder im Elternhaus noch beim Sport oder Schule zuteilwurde, ist schmerzvoll und will auf irgendeine Weise bekämpft werden. Der unerträgliche Druck braucht ein Ventil. Die Art, mit der ich mir die fehlende Anerkennung holen konnte, waren Kraft und Aggressivität. Mit diesen Eigenschaften konnte ich punkten. Das hatte ich schon früher gelernt, aber eigentlich war es mir zuwider Gewalt anzuwenden.

Doch was bleibt einem übrig, wenn man schon als Jugendlicher lernt, dass die Gewalt Situationen verbessern kann, auch wenn dadurch eine andere meist größere Problematik entsteht. Das lernte ich aber erst viel später in meinem Leben, denn da hatte ich diesbezüglich mehrfach Lehrgeld bezahlt. Ab sofort begann ich das Training anders anzugehen. Mein Spiel wurde härter, ich schonte weder mich noch meine Mitspielern. Was bei meinen Mitspieler Eindruck machte, auch meine Leistungen stabilisierten sich und wurden merklich besser. Das blieb auch unserem Trainer nicht verborgen, und so kam es, dass ich in kurzer Zeit zum Stammtorwart aufstieg und diese Position unangefochten behielt.

Also von nun an musste man sich in acht nehmen, dumme Bemerkungen wegen meiner abstehenden Ohren, oder andere Frechheiten sollten wohlüberlegt sein. Meine Mitspieler im Verein haben das schnell begriffen, bei einigen meiner Mitschüler in der Klasse hat es ein wenig länger gedauert. Einer, er hieß Bernd, hat dies zu seinem Schaden einfach nicht begreifen wollen. Immer wieder kamen Bemerkungen von ihm wie „Pass auf bei Rückenwind, sonst hebst du ab" oder „Sind deine Landeklappen wieder ausgefahren" was natürlich in Anlehnung an meine Segelflugohren gemeint war. Am Anfang war bei den Mitschülern noch Zurückhaltung vorhanden, denn meine Kraft hatte ich bei vielen Gelegenheiten demonstriert. Aber als einige dann immer öfter zu lachen begangen, war das Ende der Fahnenstange erreicht.

Bernds Heimweg von der Schule führte durch eine Streuobstwiese und war der ideale Ort für einen Hinterhalt. Zu meiner Freude war er nicht allein, in seinem Tross waren noch vier Jungs, die sich von ihm wegen seiner großen Klappe angezogen fühlten. So konnte ich mehrere Dinge auf einmal klären, Bernd in die Schranken weisen und mir den Respekt der anderen zu verschaffen. Am Ende der Wiese stand ein großer alter Birnbaum, dessen Stamm breit genug war, um mich komplett dahinter zu verstecken. Es waren noch wenige Meter bis zu meinem Hinterhalt, da trat ich ganz langsam hinter dem Baum hervor und ging auf die Jungs zu.

Bevor auch nur einer die Gelegenheit hatte, etwas zu sagen oder zu reagieren, griff ich mir Bernd heraus, schleuderte ihn mit Vehemenz zu Boden und saß mit einem Satz über ihm. Dann setzte es rechts und links mit beiden Fäusten Schläge, die er bestimmt sein ganzes Leben nicht mehr vergessen wird. Der ganze Frust, der sich in mir angesammelt hatte, entlud sich in der Energie der Schläge. In meiner Rage verlor ich ganz die Kontrolle. Erst als ich das Entsetzen in den Augen der anderen sah, setzte der Verstand langsam wieder ein, und ich ließ von dem übel zugerichteten Tropf ab.

Wieder bei Sinnen murmelte ich einige Erklärungen „Wer nicht hören will, muss fühlen", oder so ähnlich vor mich hin. Die anderen sagten immer noch kein Wort. Sie griffen Bernd, der halb besinnungslos und mit blutüberströmtem Gesicht in Embryostellung auf der Wiese lag, unter die Arme und schleiften ihn in Richtung Elternhaus. Nach anfänglicher Genugtuung über meine Tat, die mir bestimmt den angemessenen Respekt einbringen sollte, schlich sich dann schnell ein mulmiges Gefühl bei mir ein. Vielleicht war meine Reaktion auf seine Schmähungen doch etwas zu heftig ausgefallen, ein paar Backpfeifen hätten bestimmt auch gereicht. Nun musste ich zusehen wie der Trottel, der er in meinen Augen immer noch war, blutend heimgeschleift wurde. Mir wurde klar, dass das Konsequenzen nach sich ziehen würde, aber in welcher Form konnte ich nur erahnen, doch ich sollte es bald spürbar erfahren.

In aller Seelenruhe schlenderte ich pfeifend nach Hause. Auf der Höhe des Friseursalons überkam mich immer ein ungutes Gefühl, und ich begann automatisch schneller zu laufen. Im wahrsten Sinne des Wortes war es eine große Erleichterung, wenn ich ungeschoren daran vorbei kam. Zuhause angekommen verzog ich mich umgehend ins Kinderzimmer, das ich mit Utz teilte. Wartend, mit einem schlechten Gefühl in der Magengegend, bis es Abendessen gab. Meine Mutter schimpfte vor sich hin, da sie schon alles hergerichtet hatte, aber mein Vater mal wieder nicht pünktlich von der Arbeit kam. Mir war es recht, denn solange mein Vater nicht da war, mir eine körperliche Strafe erspart blieb.

Kurz darauf kam er, zu meiner Freude war er einigermaßen entspannt, er wusste wohl noch nichts. Woher sollte er auch was wissen von meiner Tat, doch zu dieser logischen Denkweise war ich damals noch nicht fähig. Nach dem Abendessen verzogen sich Utz und ich in unser gemeinsames Kinderzimmer. Er spielte alleine für sich mit seinen Holzbauklötzen und trällerte verschiedene Liedfetzen vor sich hin. Meine Mutter hörte während der alltäglichen Hausarbeit die ganze Zeit Radio. Üblicherweise wurde damals vorwiegend deutscher Schlager und Volksmusik zum Besten gegeben. Es war deshalb auch für meinen erst vier jährigen Bruder nicht schwer, diese einfachen und banalen Texte, die er täglich im Radio hörte, sich ansatzweise zu merken. Er war wohl im Gegensatz zu mir ein pflegeleichtes Kind. Von klein an hatte er wenig, bis gar keine Probleme mit meinen Eltern. Von Schlägen ganz zu schweigen, ich kann mich nicht daran erinnern, dass er auch nur ein Mal eine Ohrfeige bekommen hatte. Ich konnte mit Bauklötzen nichts anfangen, und mit deutschem Liedgut auch nicht. Das einzige, wofür ich mich zu dieser Zeit begeistern konnte, war mein mittlerweile fast volles Panini Album.

Außer der Tatsache, dass mein Bruder leise vor sich hin sang, war es absolut ruhig in unserer Wohnung. Was meine Eltern machten, weiß ich nicht mehr, aber es war ungewöhnlich sonst nichts zu hören.

Diese trügerische Ruhe wurde abrupt durch ein Klingeln an der Haustür unterbrochen. Durch unser Kinderzimmerfenster konnte ich sehen, wer da vor der Türe stand. Draußen war es schon fast dunkel. Es war ungewöhnlich, dass jemand um diese Zeit klingelte. Vorsichtig schob ich den Vorhang zur Seite und erkannte den Vater von Bernd, dem Schüler, den ich so verdroschen hatte, und zu meinem Entsetzen auch den Dorfpolizisten. Der war durch seine feiste Erscheinung und der Polizeimütze gut zu erkennen. Oh je, das konnte nichts Gutes für mich heißen.

Sofort verzog ich mich ins Bett und verkroch mich, soweit wie es nur ging, unter der Bettdecke. Mein Bruder war so mit sich beschäftigt, dass er das Klingeln überhaupt nicht wahrnahm.

Ich schob langsam meinen Kopf unter der Decke hervor und lauschte den Dingen, die da draußen vorgingen. Überrascht, und auch etwas erleichtert, hörte ich nur wie meine Eltern sich leise mit den beiden unterhielten. Dass kein lautes Geschrei oder Gerede zu hören war, legte ich erst mal positiv für mich aus. Und dass beide wieder gingen, ohne dass man mich zu Rede stellte, verwunderte mich umso mehr. Da flog in hohem Bogen die Kinderzimmertür auf, mein Vater kam mit meiner Mutter im Schlepptau und hoch rotem Kopf ins Zimmer geschossen.

Mein Bruder wurde derart erschrocken aus seiner Harmonie gerissen, dass er sofort zu weinen begann. Das hat mich wahrscheinlich vor weitaus schlimmerem bewahrt. Mein Vater hielt kurz vor meinem Bett inne, meiner Mutters Aufmerksamkeit wurde durch das heftigen Schluchzen meines Bruders abgelenkt. Sie nahm ihn erst mal fürsorglich in den Arm. Mit einer Hand schnappte mich mein Vater dann am Kragen, verpasste mir je rechts und links eine deftige Ohrfeige und schrie mir dabei, was ich doch für ein missratener Nichtnutzt sei, direkt ins Gesicht. Als die Mitschüler Bernd heimbrachten, hatte er so schlimm ausgesehen, dass seine Mutter mit ihm sofort ins Krankenhaus ging. Er hatte einen Nasenbeinbruch, sowie mehrere Platzwunden und zwei blaue Augen davon getragen.

Zu meinem Glück kannte sich Bernds Vater und meiner recht gut. Zur damaligen Zeit konnte man kleinere Vergehen problemlos mit dem Dorfpolizisten regeln. Der war kurz vor der Pensionierung und kannte die meisten Bewohner unseres Dorfes mehr oder weniger von klein auf. Bernd hatte keine bleibenden Schäden davon getragen, und so wurde diese für mein Empfinden Bagatelle unter den Beteiligten im Dorf ausgetragen. Ich weiß nicht inwiefern meine Eltern Schadensersatz oder ähnliches geleistet haben, es interessierte mich auch nicht besonders. Ich war so erleichtert, außer zwei Ohrfeigen keine schlimmeren Prügel bekommen zu haben. Doch Ausraster wie dieser mit Bernd habe ich in weiterer Zukunft vermieden.

Als ich am nächsten Tag zu Schule kam, war Bernd nicht anwesend, doch der Vorfall hat seine Runden gemacht. Einige meiner Klassenkameraden machten sofort Platz, als ich im Klassenzimmer auf meinem Stuhl zusteuerte. An ihren ängstlichen Blicken erkannte ich den Respekt mir gegenüber. Die Klassenlehrerin schaute mich vorwurfsvoll und strengem Blick über ihre Brille an, sagte aber kein Wort. Alles in allem erschien mir die Situation nicht die allerschlechteste zu sein. Ich hatte mir Respekt verschafft, meine Mitschüler, vor allem Bernd, wagten es nicht mehr, mich zwecks meiner Ohren zu hänseln. Bei den Mädchen muss meine Tat auf irgendeine Weise Eindruck hinterlassen haben. Auf jeden Fall verhielten sie sich nicht ablehnend mir gegenüber. Im Gegenteil ich bildete mir ein, dadurch in meinem Ansehen bei ihnen noch gestiegen zu sein. Sogar bei unserer Lehrerin meinte ich eine Veränderung, warum auch immer, im Umgang mit mir festzustellen. Das Schlagen und Gewalt, zumindest bei mir, in erster Linie ein Fall von Hilflosigkeit und Schwäche wiederspiegelt, habe ich erst einige Zeit später verstanden.

Kapitel 2 1968 - 1970

Die nun folgende Zeit brachte der Gesellschaft nahezu auf der ganzen Welt bahnbrechende Umwälzungen. 1968 das Jahr, das ab sofort dauerhaft das Synonym für diese im politischen und gesellschaftlichen Wandel befindende Zeit war, überrumpelte diese ganzen kleinbürgerlichen von Verdrängung und Doppelmoral besetzten Spießbürger. In einem beschaulichen schwäbischen Dorf wie dem, in dem ich aufwuchs, war diese Entwicklung besonders schwer zu akzeptieren. Dörfer, wie das meine, gab es viele in Deutschland, so ging so etwas wie ein heftiger Riss durch die Gesellschaft. Ausgehend von den Studenten, die hauptsächlich den Vietnamkrieg zum Anlass nahmen gegen diese ganze Verkrustung und Heuchelei zu rebellieren. Es entwickelte sich eine Subkultur, die von Amerika aus zumindest die ganze westliche Welt erfasste. Parallel begann der kometenhafte Aufstieg der Rockmusik, beides war von niemand mehr aufzuhalten. Ich habe davon anfangs sehr wenig mitbekommen.

Die Studenten und ihre Sympathisanten grenzten sich auch optisch, unter anderem durch ihre langen Haare, vom Rest der damaligen Gesellschaft ab. Im Fernsehen konnte man die Demonstrationen der Studenten, die oft darin endeten, dass sie von der Polizei niedergeknüppelt wurden, verfolgen.

Dieses Vorgehen wurde selbstverständlich in meinem Elternhause wohlwollend zur Kenntnis genommen und dementsprechend kommentiert. Mein Vater war kein Nazi, aber wie der Großteil der Polizisten durch den Krieg geprägt. Die meisten allerdings dieser redlichen Gesetzeshüter ordneten sich damals treu und willig dem Staatsapparat der Nazis unter. Es muss sowas wie ein Kulturschock für diese im dritten Reich auf Kadavergehorsam gedrillte Generation gewesen sein.

Bei mir haben diese Entwicklung und die heftige Abneigung meiner Eltern, deren Freunde, ja der ganzen älteren Generation zu einer großen Sympathie für diese langhaarigen Gammler, wie sie abwertend genannt wurden, geführt. Verstanden im Sinne von Begreifen habe ich natürlich zu dem damaligen Zeitpunkt nichts. Allein die Tatsache, dass sie diese inzwischen dickbäuchigen Bürger des Wirtschaftswunders zur Weißglut brachten, war Grund genug, um mich zu beeindrucken. Der größte Teil der heranwachsenden jungen Generation identifizierte sich im Laufe der nächsten Jahre mit diesem Wandel, diese ganze muffige verkrustete Oberfläche wurde flächendeckend hinweggefegt.

Es begann eine Art von Freiheit für die ich bis heute dankbar bin, sie erlebt haben zu dürfen. Viele Regeln und Beschränkungen wurden radikal über Bord geworfen. Frauen erkämpften ihre Grundrechte, Sexualität war kein Übel mehr über das man nicht sprechen durfte. Im Gegenteil man durfte sie ausleben, von beiden Seiten, was der ganzen Sache in großem Maße gutgetan hat. Es entstand so etwas wie ein positives Vakuum, nichts war mehr unmöglich jegliche Einschränkungen wurden sofort in Frage gestellt. Eine tolle Zeit für einen Heranwachsenden, so konnten wir diese ganzen Errungenschaften, die erkämpft wurden in den nun folgenden, und in jeder Hinsicht großartigen, 70er Jahren in vollem Umfang ausleben.

Beim Fußball war ich inzwischen die uneingeschränkte Nummer Eins zwischen den Pfosten. Es war klasse, ein wichtiger Bestandteil der Mannschaft zu sein. Ich gehörte immer zu den stärksten und kräftigsten in meinem Jahrgang. Das habe ich öfters diejenigen spüren lassen, die es darauf angelegt haben, jetzt überzeugte ich aber auch durch gute Leistungen im Tor. Eine ganz neue Erfahrung, die meinem Selbstbewusstsein richtig gut getan hat. Wir waren eine gute Mannschaft und haben immer öfter gewonnen als verloren. Die Zeit als Jugendfußballer habe ich als eine sehr schöne in Erinnerung. Auch wenn die ganzen Verantwortlichen im Verein mit den neuen musikalischen Klängen, den 68er und ihren Umtrieben wenig bis gar nichts anfangen konnten.

Es war eine komplett andere Welt. Nach Spielen oder einigen der vielen Ausflüge, die wir machten, wurden von den Trainern, Begleitern und Eltern zur vorgerückten Stunde unter dem Einfluss von ordentlich Alkohol Trinklieder angestimmt, bei denen wir auch mitsingen sollten. Selbstverständlich hat da keiner von uns mitgemacht, wir machten uns darüber lustig und verzogen uns meist in irgendeine Ecke.

Irgendwann während dieser Phase bekam ich auch meinen Nicknamen verpasst, der mich zumindest in meinem Heimatort ein Leben lang begleiten sollte. Das Alphatier in unserer Mannschaft, ein Spieler, der nicht durch seine großen fußballerischen Fähigkeiten, sondern auch durch die mit Abstand längsten Haare jedem sofort aufgefallen ist. Er hatte einen wilden Wuschelkopf durch den man nur ansatzweise die scharf geschnittenen Gesichtszüge erkennen konnte. Sein Aussehen erinnerte stark an den Spieler Paul Breitner von Bayern München, der nur kurze Zeit später ins fußballerische Rampenlicht treten sollte. Nicht nur durch die Haarlänge hatte er uns einiges voraus, von zuhause hatte er alle Freiheiten. Er musste nie nach Hause gehen, wenn es gerade am interessantesten war. Als erster hatte er ein Mofa und ganz wichtig einen Plattenspieler und die Schallplatten, die damals total angesagt waren.

Er hatte großen Spaß daran, die seiner Meinung nach passenden Nicknamen unter den Mitspielern zu verteilen. Der damalige Torwart der Bayern und der Nationalmannschaft hieß Josef „Sepp" Maier. Aufgrund seines damaligen Wohnortes nannte man ihn auch die Katze von Anzing. Und so verpasste mir unser Wuschelkopf, den Nick- oder wie wir im Schwabenland sagen Spitznamen Cat (englisch für Katze). Ab sofort nannte mich jeder Cat, das hat sich in den weiteren Jahren so eingebürgert, dass viele meinen richtigen Vornamen überhaupt nicht mehr wahrnahmen oder kannten.

Mit dem Jahr 1970 begann dann die Dekade, die sich in meinem Leben für immer als die beste, schönste, und ereignisreichste einprägen sollte. Wir waren mittlerweile umgezogen der verhasste Friseur war nun weiter entfernt. Was aber meine damit verbundene Problematik nur ganz langsam veränderte. Ich musste nicht mehr ganz so bescheuert rumlaufen, doch es blieb ein stetiger Kampf vor allem mit meinem Vater. Oft sagte er mir in Anlehnung an unseren Wuschelkopf, dass solange er lebe, ich ihm nie so unter die Augen treten dürfe. Meine Eltern hatten sich zu unserer aller Freude für die anstehende Fußballweltmeisterschaft in Mexiko einen Farbfernseher gekauft. Damals ein absoluter Luxus für normal verdienende Menschen. Was zur Folge hatte, dass bei jedem Spiel unserer Nationalmannschaft das Wohnzimmer so brechend voll war, dass es schwer war, einen vernünftigen Platz zu ergattern. Mein Vater war genervt, weil meine Mutter auch den einen oder anderen Nachbarn eingeladen hatte. So war das meist ein skurriler Haufen, der sich in unsrem Wohnzimmer breitmachte. Es war die erste Weltmeisterschaft, bei der ich alle Spiele mit deutscher Beteiligung sehen konnte. Deutschland wurde Dritter, und das Spiel im Halbfinale gegen Italien, das 4:3 verloren wurde, ging als Jahrhundertspiel in die Geschichte ein. Weltmeister wurde Brasilien durch ein überragendes 4:1 über Italien. Angeführt wurde die Mannschaft vom damals weltbesten Fußballer, Pele. Die Brasilianer überzeugten mich mit ihrer technischen Brillanz und Spielfreude total. Ab sofort war ich Brasilien Fan, wenn sie nicht gerade gegen Deutschland spielten, galt meine Sympathie diesen Ballzauberern.

Annähernd zeitgleich explodierte mein Interesse für diese Katzenmusik, wie die Rockmusik abwertend aus dem kleinbürgerlichen Lager genannt wurde.

Bis dahin war ausschließlich das Radio meiner Mutter mit dem alltäglichen Gedudel des ganzen deutschen Liedgutes für meinen musikalischen Entwicklungstand verantwortlich. Mein älterer Bruder, der eigentlich genau in der Zeit der Anfänge des Rock `n Roll und wie man damals sagte „Beatmusik" aufgewachsen ist, hat davon so gut wie nichts mitbekommen. Seine Welt war ausschließlich der Fußballplatz und alle damit verbundenen Anlässe, bei denen meistens, wie bekannt, derbe Trinklieder und faschingsähnliche Polonäsen zum Besten gegeben wurden. Von dieser Seite her konnte ich also nichts, was meine neue Leidenschaft betraf, erwarten. So blieb mir nur übrig, mich mit den einschlägigen Musikzeitschriften zu beschäftigen. Allerdings so einfach, wie man heute annehmen würde, war das nicht. Zeitschriften kosteten Geld, Geld dafür hatte ich nicht, und bekam ich natürlich auch nicht. Nicht einmal danach zu fragen, traute ich mich, dafür kannte ich meine Eltern zu gut.

Ich wollte Fußballspielen und Rockmusik hören, beides zugleich schien ein fast unmögliches Unterfangen zu sein. Die Schule ist in dieser Hinsicht ihrem Lehrauftrag, wenn auch in einem anderen Sinne, gerecht geworden. Dort konnte ich mich für meine täglich stärker werdende Passion weiterbilden. Im Elternhaus einiger meiner Klassenkameraden wehte schon der Wind der neuen Zeit. Ihre Eltern waren aufgeschlossener und toleranter, was die aktuellen Bedürfnisse ihrer Schützlinge betraf.

Ganz wichtig sie bekamen Taschengeld und waren in der Lage, die dementsprechende Lektüre zu kaufen. Dass ausgerechnet mein Nebensitzer, und damals bester Schulfreund Walter, zu diesem elitären Kreis gehörte, war ein glücklicher Umstand, den ich nur allzu gern ausnutzte. In den Pausen war er umringt von anderen Wissbegierigen, die ihm über beide Schultern hingen. Ich saß gierig und ungeduldig mit großen Augen daneben. Endlich, ich durfte die eine oder andere Zeitschrift ganz alleine lesen. Es gelang mir aber nicht, damit zu warten, bis die nächste Pause begann. Meist habe ich die Magazine während des Unterrichts verschlungen.

Es ist unschwer nachzuvollziehen, dass meine schulischen Leistungen, die sowieso nicht berauschend aussahen, gewaltig darunter litten. Die Magazine unterschieden sich in Anspruch und Machart. Ganz vorne auf der Hitliste war das ultimative Teenie-Blatt Bravo. Ein Magazin, das es bis heute noch gibt, das sich wie ein Chamäleon wandelt, und immer versucht, den augenblicklichen Trend und Zeitgeist der aktuellen Jugendkultur wiederzugeben. Die Vorgabe des Heftchens war, es die ganze Bandbreite der unaufhörlich nach vorne strebenden neuen Musiktrends abzudecken. Freilich ohne jede fundierte Substanz. Oberflächliche Berichte und dümmliche Aufklärungsserien waren Hauptbestandteil dieses Blattes also alles andere als ein journalistisches Glanzlicht. Das konnten wir alle unserer jugendlichen Begeisterung für alle diese neuen Künstler noch nicht erkennen. Das wichtigste war sowieso die hinten abgedruckte Hitparade, die wöchentlich von Radio Luxemburg neu erstellt wurde. Dazu gab es noch POP und POPFOTO, das waren in erster Linie Postermagazine. Die waren in ihrer Berichterstattung wesentlich anspruchsvoller. Sie beschäftigten sich hauptsächlich mit dem progressiveren, härteren, und in jeder Hinsicht wilderen Teil der Rockmusik.

Die 70er Jahre hatten erst begonnen, die Dekade der Unbeschwertheit und der Leichtigkeit. Im Fernsehen liefen die letzten Sendungen des legendären Beat Club. Das Motto der Sendung war „Von Jugendliche für Jugendliche" die ich, wenn überhaupt, nur heimlich ansehen konnte. Vorerst also war die Bravo Hauptlektüre in unserer Schule. Es dauerte auch nicht lange, bis der Lehrer, den wir nun bekommen hatten, merkte, dass ich in was völlig anderem als die Schullektüre vertieft war. Ohne dass ich es bemerkte, trat er hinter mich heran und schaute mir über die Schulter. Erst als einige meiner Mitschüler zu kichern begannen, wurde ich aus meiner Traumwelt gerissen. Er zog das Magazin unter dem Tisch hervor und schwenkte es lachend wie eine Trophäe über meinem Kopf. Doch zu meiner Überraschung begann er nicht zu schreien oder sonst streng zu werden.

Verdutzt musste ich erleben, wie er das ganze Heftchen ins Lächerliche zog. Breit grinsend las er einige Passagen daraus vor und machte auf gefundene Widersprüche aufmerksam. Natürlich hatte er mit fast allem recht, wie ich heute weiß. Doch als er sich über darin abgedruckten Bilder einiger Bands und deren Aussehen lustig machte, musste ich reagieren. In der restlichen Zeit der Schulstunde wurde nun rege diskutiert. Rhetorisch war ich mit Sicherheit nicht in der Lage, eine sachlich fundierte Diskussion mit dem Lehrer zu führen. Doch ich ließ mir nichts gefallen und nahm dieses Blatt vor allem die Künstler mit großer Leidenschaft in Schutz.

Auch wenn mein Beitrag bestimmt recht naiv daherkam, hinterließ er bei meinen Mitschülern großen Eindruck. Vor allem bei den Mädchen, denn meistens waren sie es, die die Bravo mit in die Schule brachten, und damit habe ich mich auch für sie eingesetzt. Von da an war ich in unserer Klasse ein anerkannter Gesprächspartner unserer Musik und der vielen neuen Künstler, was meinem Ego schon sehr gut getan hat.

Damals total angesagte Teenie-Bands wie SWEET, SLADE oder T.REX waren es, über die in erste Linie in der Bravo berichtet wurde. Von Songs dieser Bands kursierten schon die ersten *Singles durch die Schule oder wurden von glücklichen Besitzern eines Tonbandes oder Kassettenrecorder aufgenommen. Das waren auch die Bands, die mich anfangs begeisterten, bis dahin hatte ich noch nicht viel anderes gehört. In der Hitparade aber war LED ZEPPELINs Immigrant Song auf Platz eins. Eine Band mit eindrucksvoller Ausstrahlung, deren Musik voller Magie ich später total erlegen bin. Besonders der Sänger der Band, Robert Plant war für mich der Inbegriff eines Rockstars. Auch Titel anderer Bands, über die in dem Blatt wenig bis gar nicht berichtet wurde, waren weit vorne platziert.

*Der Begriff Single bezeichnet einen Tonträger, der im Gegensatz zu einem Album meistens nur zwei Titel eines Künstlers enthält

Also musste es da noch viel viel mehr geben, als die Teenie-Bands, die ich aus der Bravo kannte. Auch in unserer Jugendmannschaft war das ein großes Thema und natürlich unser Wuschelkopf war uns allen wieder einmal ein ganz großes Stück voraus.

Durch seinen älteren Bruder kannte er LED ZEPPELIN und viele der anderen Bands, von denen ich bis dahin nur ansatzweise gehört hatte. Ständig wollte ich neue Informationen von ihm haben, meine Hartnäckigkeit hat ihn mit der Zeit gewaltig genervt. Eines Tages hat er sich erbarmt und mich zu ihm nach Hause mitgenommen. Zum ersten Mal hörte ich Immigrant Song, Speed King, Paranoid oder Gypsy. Sprachlos saß ich da und lauschte dieser großartigen Musik, die mich sofort ganz eingenommen hatte und ab diesem Zeitpunkt für immer ein wichtiger Bestandteil meines Lebens blieb. Das Bravo Magazin ist dann recht schnell aus meinem Blickfeld verschwunden und die genannten POP und POPFOTO waren angesagt. Ich ging meiner Mutter beim Einkaufen solange auf den Wecker, bis sie wenigstens ab und zu eines der beiden Magazine kaufte. Sofort begann ich mich damit zu beschäftigen. Da waren sie alle LED ZEPPELIN, DEEP PURPLE, BLACK SABBATH, URIAH HEEP und viele mehr, alle sahen sie aus wie mein Hero der ersten Stunde.

Ein nie vorher erlebtes Gefühl strömte durch meinen Körper, was war das für eine Welt. Es war in allem anders als alles, was ich bis dahin gesehen hatte. All diese jungen Musiker in ihrer Pracht und mit einer für mich fantastischer Ausstrahlung. Ich fragte mich später oft, warum mich die langen Haare von Anfang an so begeistert haben. Vielleicht weil mir die Indianer immer viel sympathischer waren als die Cowboys, bestimmt aber weil mein Vater bei deren Anblick fast cholerische Anfälle bekam. Außerdem standen die Mädels auch auf lange Haare, das machte das Ganze für mich noch attraktiver, denn den Mädels wollte ich auf jeden Fall gefallen.

Die in den Magazinen enthaltenen Poster hatten eine Größe von ca.90 x 60 cm, und wurden zu begehrten Tauschobjekten. Vorsichtig aber stetig begann ich das Zimmer, das ich auch in der neuen Wohnung mit Utz teilte, mit den Poster zu bestücken. Er akzeptierte alle Verschönerungen, die ich mit vollem Eifer und Nachhaltigkeit, in den folgenden Monaten vornahm.

Als älterer Bruder fühlte ich mich verpflichtet, alles was ich an altem und neuem Wissen in diesem Bereich aufsaugen konnte, ihm beizubringen. Es waren Unmengen von Neuigkeiten, die täglich auf mich einströmten. Wie junge Grashalme nach einem heftigen Regen schossen die Bands aus dem nichts in unser Bewusstsein. Allein die Tatsache, dass Utz von Anfang an ein sehr strebsamer und guter Schüler war, hat verhindert, dass unsere Eltern meinem lehrhaften Eifer Einhalt geboten. Aber es hat sich ausbezahlt, der Geist der 70er hat auch ihn erfasst. Vielleicht nicht mit dieser Leidenschaft, wie ich sie an den Tag legte, doch ebenso prägnant.

Zum 12. Geburtstag bekam ich von meinen Eltern das schönste Geschenk, das ich bis dahin in meinem Leben bekommen hatte, meinen ersten Kassettenrecorder. Ein guter Freund meines Vaters war selbständiger Radio- und Fernsehtechniker. Bei ihm kaufte er einen kleinen einfachen Recorder für mich. Ok es war kein Plattenspieler oder Tonband beides Geräte die qualitativ und funktional einen wesentlich höheren Stellenwert besaßen.

Heute ist es ist mir rätselhaft, was ihn trotz meiner bescheidenen schulischen Leistungen dazu bewogen hat, dieses Gerät für mich zu kaufen. Damals habe ich mir keine Gedanken darüber gemacht. Mein Glücksgefühl über dieses Geschenk ließ keinen Raum für unnötige Gedanken. Der tägliche Müßiggang zur Schule wurde nun erträglich, wenn nicht gar spannend. Irgendjemand wusste immer was Neues in Sachen Musik und wollte die anderen mit seinem Wissen beeindrucken. Walter kaufte sich von seinem Taschengeld jeden Monat ein oder zwei Singles.

Es ist unschwer nachzuvollziehen, dass ich deshalb, so oft es ging, die Mittage mit meinem Recorder bei ihm verbrachte, um so viel Musik aufzunehmen, wie ich konnte. Bei der Art und Weise, wie wir das vornehmen mussten, würde die heutige Jugend bestimmt in schallendes Gelächter ausbrechen. Die technischen Möglichkeiten von Walters Plattenspieler mit Lautsprecher im Deckel und meinem spartanischer Recorder waren sehr bescheiden. Ich musste die Singles mit einem Mikrophon aufnehmen. Um störende Nebengeräusche dabei zu vermeiden, war es zwingend notwendig, dass es während der Aufnahme absolut ruhig war. Mucksmäuschenstill saßen wir, den neuen beeindruckenden Klängen lauschend, in Walters Bude, die er ganz für sich alleine hatte.

Seine Eltern hatten ein Haus und sein Zimmer lag im Untergeschoss autark zwischen Heizungs- und Waschraum. Diese für mich spannende Tatsache machten die Mittage bei Walter noch wichtiger. Meine Eltern wohnten in einem großen Wohnblock, die in den 60ern und 70er Jahren überall aus dem Boden schossen. Ich hatte kein Zimmer für mich, und auch sonst war man immer unter Beobachtung. Laute Musik, oder sonstige geräuschintensive Aktionen waren in nur eingeschränktem Maße machbar. Bei Walter waren wir unter uns, Musik hören war in einer für uns angemessenen Lautstärke möglich und auch sonst konnten wir machen, was wir wollten. Was Walters Mutter allerdings nicht davon abhielt, das eine oder andere Mal nach uns zu schauen. So konnte es vorkommen, dass während der Aufnahme die Tür aufging, Walters Mutter rührend besorgt nachfragte, ob alles in Ordnung sei oder wir sonst was bräuchten. Was wir selbstverständlich mit lautem Murren und Unverständnis quittierten. Natürlich musste die Aufnahme aus bekannten Gründen wiederholt werden, doch im Laufe der Zeit hat sie gelernt, nur das Zimmer zu betreten, wenn keine Musik zu hören war.

Jeder Tag beglückte mich mit weiteren Überraschungen, mein Umgang mit den Mädels begann sich zu verändern. Innerlich fühlte ich mich schon früh zu ihnen hingezogen.

Doch bisher war der tägliche Umgang mit ihnen meinerseits auf kindhafte Blödeleien beschränkt. Doch unbewusst spürte ich bestimmte Dinge, die so gar nichts mit Fußball, Autos oder sonstigem Jungenskram zu tun hatten, sondern tiefgründiger waren, besser mit ihnen zu besprechen. Ich dachte an meine Hasen aus Nachbars Garten und die warme Zuneigung, die sie mir entgegen brachten. Die Mädchen konnten mich gut verstehen, von den Jungs bekam ich diesbezüglich ausschließlich dämliche Kommentare zu hören. Eine Erklärung gab es für mich dafür nicht, viel später konnte ich das richtig einordnen. Mädchen haben einfach mehr Sinn für Gefühle und sprechen auch darüber, für die meisten Jungs war das unvorstellbar, und so wurden sie meist auch erzogen.

Seltsame völlig neue Gefühle begannen mich zu durchströmen, wenn wir in der Pause oder nach der Schule mit den Mädchen zusammensaßen. Plötzlich erkannte ich noch ganz andere Attribute, für die ich seither kein richtiges Gespür entwickeln konnte bei diesen feengleichen Wesen. Sie in meiner Nähe zu haben, empfand ich immer angenehm. Nur das konnte ich lange nicht einordnen. Doch fast von einem Tag auf den anderen faszinierten mich ihre Gesten, ihr Lachen und die Tatsache zwischen ihnen sitzen zu dürfen, außerordentlich. Eine mir bis dahin unbekannte innere Unruhe, gepaart mit einem seltsamen Kribbeln, strapazierte dabei immer stärker meinen Körper. Die Mädels waren in dieser pubertären Rauschphase in jeder Hinsicht weiter als wir Jungs. Die Themen und Bemerkungen wurden immer zweideutiger, ich war damit allerdings völlig überfordert. Die Art, wie wir Jungs uns meistens anstellten, muss für die Mädels wahrscheinlich ziemlich nervig gewesen sein. Ich begann wieder vor lauter Nervosität unkontrolliert Blödsinn zu labbern, was lautes Kichern und Kopfschütteln zur Folge hatte.

Doch mit der Zeit entwickelte sich in mir so eine innere Passion für das weibliche Geschlecht. Ich betete sie an, wenn auch nur in Gedanken und als oberstes Ziel erkor ich für mich, diese bezaubernden Geschöpfe mit allen Möglichkeiten zu verwöhnen.

Diese Einstellung behielt ich mein ganzes Leben, allerdings meistens nicht mit dem Ergebnis das ich gewollt oder erhofft hatte.

Wie das immer so ist, kristallisierte in unserer Klasse eine Clique von ca. 10- 15 Jungs und Mädels heraus. Wir hockten immer öfter zusammen, unterhielten uns über die neuen Stars und ihre Musik und begannen die ersten gemeinsamen Partys zu planen. Sina und Silke waren unzertrennliche Freundinnen und sowas wie die Sprecherinnen der Mädelsfraktion. Silke hatte bald Geburtstag und zu unserer großen Freude erlaubten ihre Eltern, dass sie zu diesem Anlass eine Geburtstagsparty nach unseren Vorstellungen ausrichten durfte. Was wäre dafür besser geeignet gewesen als Walters Bude, wo wir uns so richtig nach Herzenslust austoben durften. So ein wichtiges Ereignis bedarf natürlich einer gründlichen Vorbereitung. Als Walters Freund und Sonderbeauftragter in Sachen Musik war es nicht überraschend, dass ich bei diesen Vorbereitungen einen ganz wichtigen Part zu übernehmen hatte. Außerdem hatte ich schon lange ein Auge auf Sina geworfen. Sie und Silke wohnten auch in einem dieser hässlichen Wohnblöcke unmittelbar in meiner Nachbarbarschaft. So sahen wir uns häufig auch außerhalb der Schulzeit. Sina hatte lange braune Haare, rehbraune Augen und immer einen leicht dunklen Teint, der im Sommer zu einer wunderschönen Hautfarbe wurde. Sie war keck und spielte schon früh durch Blicke und Gestik mit ihren weiblichen Reizen. Ich war total von ihr fasziniert, die meiste Zeit während des Unterrichts verbrachte ich damit sie zu beobachten. Bisher waren es Musikzeitschriften, die mich von Unterricht abgelenkt, aber das jetzt, hatte eine andere Qualität. Sie war bildschön und dazu noch richtig gut drauf. Es war mir nicht möglich, die Augen von ihr abzuwenden.

Sie hatte mit Sicherheit gemerkt, dass ich mich sehr für sie interessierte, überließ aber alle für eine Beziehung notwendigen Maßnahmen, mir. Immer wieder versuchte sie unterschwellig durch bestimmte Äußerungen mich dazu zu bewegen, wenigstens ein bisschen aktiver zu werden. Meine mehr als peinlichen Reaktionen müssen sie sehr erheitert haben.

Man erwartete damals, dass der Junge fragte, ob ein Mädchen mit einem gehen möchte. Für die Mädchen war das bestimmt eine romantische Vorstellung, für mich aber war das die Hölle. Ich traute mich das leider nicht, die Angst abgelehnt zu werden, blockierte meine ganzen Gedankengänge. Nervös stampften meine Füße auf und ab, ich fing an rum zu eiern oder letztlich das Thema zu wechseln. Alles in allem gab ich dabei wohl eine klägliche Figur ab, aber jetzt bei der anstehenden Party sollte es doch klappen.

Ungefähr zwei Wochen vor dem großen Ereignis trafen wir uns zu viert bei Walter und begannen mit den Planungen. Als Geburtstagskind war Silke für die Verköstigung zuständig. Sina und ich sollten uns, was die Verschönerung des Zimmers betraf, etwas einfallen lassen. Außerdem mussten wir von allen erdenklichen Quellen weitere Singles leihen, da Walters Sammlung noch nicht für eine ganze Party ausreichte. Meine Freundschaft zum Wuschelkopf aus meiner Fußballmannschaft hat uns hier sehr geholfen so dass es an ausreichender Musik für dieses mit großer Vorfreude anstehende Ereignis nicht mangeln sollte. Die Liste derer, die eingeladen wurden, bestand bis auf wenige Ausnahmen aus Schülern unserer Klassenclique. Wir besprachen zusammen, wer denn alles eingeladen werden sollte. Nur drei oder vier gleichaltrige Jungs, die eine höhere Schule besuchten, doch sonst außerhalb der Schule oft mit uns unterwegs waren, ergänzten die Auswahl.

Doch letztlich war es Silkes Geburtstag. Sie pochte darauf zwei Schülerinnen, die ihr nahe standen, ansonsten aber nicht auf unserer Wellenlänge lagen, einzuladen. Das war ihr gutes Recht, und Sina hat sie unterstützt, jeder noch so fadenscheinige Einwand unsererseits wurde von dem selbstbewussten 13 jährigen Mädchen resolut im Keim erstickt. Ihr zu wiedersprechen, wäre mir nicht ansatzweise in den Sinn gekommen. Ich plädierte mit einer großspurigen Selbstverständlichkeit ebenfalls dafür. So also blieb Walter nichts anderes mehr übrig, er akzeptierte leicht murrend diese beschlossene Sache. Das war keine ehrliche Einstellung meinerseits.

Diese Mädchen gehörten zu denen, mit denen man sich nur in Ausnahmefällen abgegeben hatte. Eine davon war eine einfache Bauerstochter, der man die deftige Hausmannskost deutlich ansah. Eigentlich ein bemitleidenswertes Geschöpf, die immer die abgetragenen Klamotten ihrer älteren Schwester tragen musste. Deshalb war sie auch bei uns Jungs dem Hohn und Spott ausgeliefert. Und passte von daher einfach schon rein äußerlich nicht dazu. Doch die Mädchen nahmen sie immer in Schutz, wenn wir es zu bunt trieben mit unseren Späßen, dann wurden wir rabiat zu Recht gewiesen. Innerlich fragte ich mich, während ich Sina kleinlaut recht gab, wer denn um Gottes Willen mit ihr tanzen sollte. An sich war dies eine ziemlich elitäre und ausgrenzende Haltung, diese Gästeliste änderte sich bei allen folgenden Partys auch nur geringfügig.

Wie sich die anderen Schüler dabei fühlen mussten, konnten wir nicht nachempfinden. Es dürfte alles andere als schön für sie gewesen sein. Unter dem Eindruck dieses außergewöhnlichen und bahnbrechenden Ereignisses machten wir uns auf den Heimweg. Enthusiastisch versuchten wir, uns die Party in allen möglichen Farben und Facetten auszumalen. Von etwas älteren Freunden, und Bekannten hatten wir genug Informationen über den Ablauf und diverse Feinheiten die so ein Fest ausmachten, bekommen. Meistens wurden die Mädels, wie sollte es auch anders sein, von den Jungs zum Tanzen aufgefordert. Man stand sich auf der Tanzfläche gegenüber und jeder versuchte möglichst rhythmisch und dabei noch ästhetisch, zu der Musik zu tanzen. Höhepunkt einer jeder Party war allerdings der Stehblues! Voraussetzung dafür war eine Ballade oder Liebeslied. Jungs legten dabei die Arme um die Hüfte der Mädchen. Die Mädels ihre Arme verschränkt um den Hals des Jungen, dabei drehte man sich langsam im Kreis. Ein ganz wichtiger Aspekt war hierbei, der Abstand zwischen den Körpern. Es gab dabei mehre Hürden zu überwinden. Wer hatte den Mut, den Körper ganz an den seiner Tanzpartnerin zudrücken und dabei den Kopf auf die Schulter zu legen.

Und dann möglichst gefühlvoll die Hände langsam hinunter über den Hintern der Mädels gleiten zu lassen. Das war dann allerdings die letzte Stufe des machbaren für Jungs in unserem Alter. Richtig geküsst, also Zungenkuss, hatte bisher noch niemand von uns, auch die Mädchen nicht. Geschweige denn von anderen weiterführenden Praktiken im Zärtlichkeitsbereich. Da konnte niemand auch nur den Hauch von Erfahrung nachweisen, nur in der Theorie und mit der Klappe, da waren wir Jungs die größten. Beim Stehblues musste man sich ganz vorsichtig und subtil vortasten, denn einige Mädels waren bemüht, immer einen Sicherheitsabstand einhalten. Wenn man zu forsch an die Sache ranging, konnte es schnell vorkommen, dass das Mädchen nicht mehr mit einem tanzen wollte.

Ach was für eine aufregende Zeit stand mir bevor, unter diesem Eindruck wollte ich meinen ganzen Mut zusammen nehmen und Sina fragen, ob sie nicht meine Freundin werden wollte. Ich hatte ja den gleichen Heimweg wie die zwei Mädels, und kurz bevor sich unsere Wege trennten, sagte ich zu Sina, dass ich noch was mit ihr zu besprechen hätte. Silke hat natürlich sofort begriffen, um was es ging, und hat sich grinsend von uns verabschiedet. Nun stand ich da und mein Mut, der sich vorhin groß in mir aufgebaut hatte, versuchte sich jetzt ganz klein zu machen. Ich fing an rum zu stottern und war wieder mal dabei, die ganze Sache zu versauen. Sina lächelte, nahm meine Hand und sagte ganz leise zu mir „Jetzt sag schon, was du willst, hast doch sonst so eine große Klappe" Und dann es brach tatsächlich aus mir heraus „Willst du mit mir gehen" Ziemlich unromantisch, und ich hätte mich Ohrfeigen können über so viel Dämlichkeit. Sina aber lächelte immer noch und hauchte mir ein leises ja ins Ohr. Anschließend sagte sie gleich mit einer doch jetzt etwas strengeren Stimme „Na also war doch nicht so schwer". Sie gab mir die Hand, setzte mir ein zartes Küsschen auf die Wange. So verabschiedenden wir uns bis morgen.

Ich war völlig aus dem Häuschen, murmelte vor mich hin „Sie hat ja gesagt, sie hat ja gesagt" Vor lauter Aufregung lief ich in die falsche Richtung, und als ich endlich zu Hause ankam, war ich der glücklichste Mensch auf der Welt. Sofort verzog ich mich ins Kinderzimmer, setzte mich vor meine Poster und fühlte eine große innere Genugtuung. Was war das heute für ein Tag, unter dem Eindruck noch nicht so richtig einzuordnender Gefühle, redete ich mir ein Großes geleistet zu haben. Für mich war es etwas Großes, etwas ganz Großes, und ich konnte es kaum erwarten am nächsten Tag in die Schule zu gehen.

Es war eine aufgewühlte unruhige Nacht, ich wurde früh von alleine wach. Ein ungewöhnlicher Vorgang der äußerst selten, und dann nur bei negativen Erlebnissen, vorkam. Doch an diesem Morgen war alles anders. Es sind diese seltenen Momente im Leben, die einen unwillkürlich spüren lassen, dass sich etwas Entscheidendes verändert hat. Die Welt heute war eine andere als die gestrige und das im positiven Sinne. Wir alle wissen, wie nachhaltig die erste große Liebe in ein Leben einschlagen kann. Die Intensität dieser Gefühle ist so wahrscheinlich nur in den Jugendjahren spürbar. Als meine Mutter ins Zimmer kam, um mich zu wecken, saß ich schon angezogen und mit fertig gepacktem Schulranzen in den Startlöchern.

Mit großen Augen und total überrascht sah sie mich an und murmelte ein verständnisloses „Ja, was ist denn heute los" vor sich hin. Sonst musste sie mich mehrmals wecken. Als ich es dann endlich geschafft hatte aus den Federn zu kriechen, war meine Laune meistens missmutig. Heute musste sie mich gar nicht wecken, dazu war ich am frühen Morgen in bester Laune. Ein Umstand, der ihr doch merkwürdig vorkam. Utz, der sich verschlafen die Augen rieb, wusste auch nicht so recht, wie er diesen ungewöhnlichen Morgen einordnen sollte. Beide hatten schon des Öfteren einige außergewöhnliche Eskapaden mit mir erleben dürfen. Deshalb war ihnen klar, dass diese überschwängliche Euphorie alles Mögliche bedeuten konnte.

Meine Mutter verabschiedete mich mit einem „Na, da bin ich mal gespannt, was das heute noch werden wird" in die Schule. Auf dem Schulweg, den ich pfeifend zurücklegte, nahm viele alltägliche Dinge ganz anders war als dies seither der Fall war. Die Luft roch ganz anders, alles erschien mir farbenfroher, was mit Bestimmtheit nicht an diesem schönen sonnigen Tag lag. Wie auch sonst war die Mädchenclique vor mir und den meisten anderen Jungs auf dem Schulhof. Im Gegensatz zu uns Jungs hatten sie immer viel untereinander zu besprechen. Bei spannenden Neuigkeiten war das noch wichtiger als sonst. Bei den Jungs ging es fast ausschließlich um Fußball oder Autos, zu Gesprächen im zwischenmenschlichen Bereich reichte es in der Regel nicht. Ein Umstand, der mir immer zu schaffen machte. In diesem Bereich fühlte ich wie so oft ganz anders.

Aus der Erfahrung wusste ich, dass ich mich dabei schnell lächerlich machen konnte. Da ich bekannter weise ein Auslachen überhaupt nicht vertragen konnte, und wenn es doch mal passierte, gleich mit Aggressivität reagierte, habe ich das unter den Jungs tunlichst vermieden. Als die Mädchen, mich sahen, fingen sie an untereinander zu tuscheln und zu kichern. Alle standen sie da, Silke, Karin, Suse, Bigi, Elke und mittendrin Sina. Alles Mädchen die auf unserer klasseninternen Rangliste ganz oben standen. Deshalb waren sie selbstverständlich auch alle zu Silkes Geburtstagsparty eingeladen. Wie es sich unter dem weiblichen Geschlecht gehörte, hatte Sina alle eingeweiht. Jetzt warteten sie gespannt, wie ich mich wohl an diesem Morgen verhalten würde.

Zum Glück habe ich mal nicht angefangen groß über die Situation nachzudenken, sonst wäre womöglich wieder der flapsige Aspekt meines Wesens zum Tragen gekommen. Zielstrebig lief ich auf die Gruppe zu und warf ein lächelndes Hallo in die Runde, drückte mich einfach neben Sina und nahm ihre Hand, die ich nicht mehr losließ, bis die Schulglocke ertönte. Die Jungs allerdings quittierten mein Vorgehen durch völlig verständnislose Blicke und konnten mit der neuen Sachlage überhaupt nichts anfangen.

Nur Walter schaute mir mit breitem Grinsen in die Augen und nickte mir wohlwollend zu. Er hatte sich schon gestern über mein Verhalten sehr gewundert, wie er mir später erzählte, deshalb war er auch nicht überrascht. Meine Stimmung hat sich in den darauffolgenden Tagen und Wochen spürbar zum Besseren verändert. Das haben meine Eltern, ohne allerdings anfangs zu wissen warum, mit großem Wohlwollen zur Kenntnis genommen. Vorerst wollte ich sie nicht merken lassen, was auf einmal in ihrem kleinen Berserker vorging. Doch meine Mutter beobachtete mich eines Tages, wie ich händchenhaltend mit Sina aus der Schule kam. Sie war sonst eine gütige Frau, aber das war dann doch zu viel für sie. Empört empfing sie mich an der Haustür und versuchte, mir während dem Mittagessen die Leviten zu lesen.

Was das denn soll, sie hielt uns in jeder Hinsicht zu jung, da war sie noch ganz auf dem Stand der 50er Jahre. Vor allem das allerwichtigste, was sollen denn die anderen Leute denken, wenn sie uns in so einer unmöglichen Situation sehen. Nachdem ich gar nicht darauf reagierte, kam ihr wie meistens in dem Fall, ein „Warte nur bis dein Vater nach Hause kommt" über die Lippen. Komischerweise hat mich diese Androhung diesmal nicht besonders beeindruckt. Als mein Vater am Abend nach Hause kam, wurde er sofort von ihr unterrichtet. Sowohl meine Mutter, als auch ich, waren total verblüfft, als er dies dann nur ein mit einem leicht lächelnden „Ach so" quittierte

Die Zeit bis zur großen Party schien nicht zu vergehen, alle konnten es kaum erwarten. Einige Tage vorher holte ich bei dem Wuschelkopf, er hieß übrigens Ralf, wir nannten ihn alle Ralfi, die besagten zusätzlichen Single Platten für die Party ab. Ohne Umweg brachte ich dieselben umgehend bei Walter vorbei. Da sein Zimmer im Kellergeschoß lag, musste man nicht klingeln. Ich lief einfach hinters Haus und klopfte an sein Fenster, das ebenerdig zum Garten lag.

Mit einem „Schön, dass du kommst" empfing er mich, und war gerade dabei, seine neueste Errungenschaft auszupacken. Er hatte sich seine erste Langspielplatte gekauft. Auf der Platte war kein Hinweis der Band oder des Titels zu finden. Auf dem Cover war nur ein alter bärtiger Mann mit Reisigbüschen auf dem Rücken zu sehen. Es war die aktuelle Langspielplatte von LED ZEPPELIN. Die Platte kam schon Ende 1971 auf den Markt, die ausgekoppelten Singles Black Dog und Rock `N Roll hatte er sich schon zugelegt. Auch er war von der Musik und dem Sound total begeistert, so dass er sich jetzt gegen Ende 1972 die LP zulegte. Zu meiner großen Freude kündigte er an, mir die zwei besagten Singles nach der Party zu überlassen, da beide Songs ja auf der LP enthalten waren. Nun aber legte er zum ersten Mal und in meinem Beisein die LP auf.

Nach den großartigen Rocknummern Black Dog und Rock ´N Roll, die wir ja schon kannten, war der dritte Song Battle Of Evermore an der Reihe. Er überraschte uns sofort, weil er als Folk Song, mit keltischen Einflüssen und einem Duett von Robert Plant und Sandy Denny daherkam. Da wurde uns schon klar, dass in der Band viel mehr steckte als Hardrock. Doch kaum hatte der vierte und letzte Song der ersten Seite begonnen, wurden wir beide schlagartig still. Was jetzt aus dem kleinen Lautsprecher von Walters Plattenspieler in unsere Ohren vordrang, war von einer solchen Intensität und Schönheit, die mich mit offenem Mund und Gänsehaut sprachlos machen sollte. Stairway To Heaven hatte begonnen, ein Song, der alles beinhaltet, was herausragende Rockmusik ausmacht. Voller Power, Feeling und Melancholie, ein bis heute unerreichter großer Diamant in einem riesigen Meer von Edelsteinen.

LED ZEPPELIN ist seit diesem einschneidenden Erlebnis für mich, die größte und vielseitigste Band, die dieser Planet bis heute hervorgebracht hat. Das mag für andere womöglich verstörend klingen, aber wer auf Rockmusik steht, sollte sich alles von der Band intensiv anhören, er bekommt die ganze Bandbreite zu hören, was qualitativ hochwertige Rockmusik ausmacht. Diese Tatsache besitzt meiner Meinung bis in alle Ewigkeit ihre Gültigkeit.

Nun war es endlich soweit der Tag der ersten großen Sause war erreicht. Zum Glück war Silkes Geburtstag ein Samstag. Wir hatten bei unseren Eltern mühsam erreicht bis 22.00 Uhr feiern zu dürfen. In dem Alter, in dem wir waren, mussten wir damit zufrieden sein. Für heutigen Teenager hört es sich bestimmt seltsam an. Doch nur 10 Jahre früher wäre es nicht möglich gewesen, mit 13 Jahren händchenhaltend über den Schulhof oder durch den Ort zu laufen. Geschweige denn eine unbeaufsichtigte gemischte Party mit 15 oder mehr hochpubertären Schülern, bei der auch noch wilde rüpelhafte Affenmusik spielte, feiern zu können. Um 15.00 Uhr beschlossen wir dann die Party zu beginnen. Sina und Silke holten mich gegen 12.00 Uhr ab, um Walters Bude passend für den großen Anlass herzurichten.

Die 70er waren in jeder Hinsicht eine bunte Dekade. Unsere Anzugsordnung war auch dementsprechend. Jeans besaß glaube ich bis dahin noch niemand. Bei fast allen waren meistens Cordhosen in allen nur erdenklichen Farben und weitem Schlag am Beine angesagt. Dazu Hemden mit grellen Kringeln und übergroßen Krägen. Auch die Mädchen trugen alle Hosen. Der gesellschaftlichen Zwang Röcke oder Kleider tragen zu müssen, wie es noch einige Jahre früher der Fall war, wurde gnadenlos durch den neuen Zeitgeist eliminiert. Wir durften den ganzen unteren Bereich nutzen, die Räumlichkeiten waren einfach perfekt. Im Heizungsraum befand sich eine Toilette, so dass auch diesbezüglich niemand nach oben in die Wohnung von Walters Eltern gehen musste. Zum Tanzen brauchte man Platz, deshalb trugen wir Walters Schlafsofa in den Waschraum, den wir ebenfalls mitbenutzen durften. Die Waschmaschine verdeckten wir mit einer Decke, und bestückten die tristen Wände mit diversen Postern.

Der absolute Star der ganz oben in der Gunst der Mädels stand, war DAVID CASSIDY. In den USA spielte er seit 1970 mit seiner Familie in einer wie man heute sagen würde *Dokusoap. Die Fernsehserie lief ab 1972 im Vorabendprogramm des deutschen Fernsehens. Dadurch wurde er zum heißesten weiblichen Teenie Idol, und verkaufte zu der Zeit mehr Platten als z.B. Elvis Presley oder Paul McCartney. Ein großes Poster von ihm wurde von den Mädels direkt über dem Sofa platziert. Ralfi hatte mir noch einige farbige Glühlampen mitgegeben, die wir umgehend gegen die normalen austauschten. Wo das nicht möglich war, bedeckten wir die Lampen mit bunten Tüchern. Um eine standesgemäße Atmosphäre herzustellen, musste jede unnötige Helligkeit gedämpft werden.

Wir waren völlig in unserem Element, Sina und Silke waren bester Laune und neckten mich ständig. Weil ich hochkonzentriert und detailversessen mal wieder auf dem besten Weg war zu nerven. Walter war damit beschäftigt seinen bescheidenen Plattenspieler, Lautsprecher und die Singles richtig zu positionieren. Überall verteilten wir kleine Schälchen mit Knabbereien. Walters Zimmer war jetzt in perfektem Zustand, nur bei diversen Fußballpostern überzeugten uns die Mädels, diese für den Tag besser abzuhängen. Die Getränke waren schon da, wir hatten sie ebenfalls in der umgestalteten Waschküche platziert. Alkohol gab es selbstverständlich nicht, das mussten wir den Eltern hoch und heilig versprechen. Später sollte sich das ändern, aber jetzt und heute war es überhaupt nicht wichtig.

Silkes Mutter brachte kurze Zeit später, zwei mit Wurst und Käsebrötchen bestückte Platten, die genau auf die abgedeckte Waschmaschine passten. Selbstverständlich waren es die legendären Häcker *Wecken, vom gleichnamigen Dorfbäcker, die sie obendrein mit Gurken, Paprika und Tomaten garniert hatte.

*__Die Partridge Familie__   *__schwäbisches Wort für ein Brötchen__

Ganz so nebenbei kontrollierte sie noch mit geschultem Blick, ob wir nicht doch Alkoholika eingeschmuggelt hatten. Ab 14.30 Uhr kamen schubweise mit kleinen bunten Päckchen bestückt und in bester Laune alle eingeladenen Gäste. Gut gelaunt und mit einem lauten Hallo begrüßte Silke alle und nahm ihre Geschenke entgegen. Das Ambiente der Räumlichkeiten war durch die verschiedenen bunten Lichtquellen einfach klasse.

Unsere Dekoration wurde für toll befunden. So ganz plötzlich begann es in der Luft zu knistern. Unerfahren und ein wenig schüchtern saßen zuerst alle Mädchen in einer Ecke des Zimmers und die Jungs auf der anderen Seite. Stühle waren mit voller Absicht nicht für alle vorhanden. Deshalb saßen einige auf dem Boden und Sina bei mir auf dem Schoß. Oh, habe ich das genossen, ich umarmte sie und hätte sie am liebsten den ganzen Tag nicht mehr losgelassen. Wir waren die einzigen, die schon so etwas wie eine Beziehung hatten, was sich jedoch nach diesem Tag schlagartig änderte. Walter legte die ersten Platten auf, es war ausgemacht, dass wir uns dabei abwechselten. Niemand traute sich den Anfang zu machen, die Mädchen erwarteten, dass sie von den Jungs zum Tanzen aufgefordert werden. Doch die meistens schauten verlegen auf den Boden. Hatten sie vorher wie immer eine riesengroße Klappe, war jetzt nicht mehr viel davon zu spüren.

So beschloss ich mit Sina den Anfang zu machen und signalisierte Walter, er solle einen richtigen Kracher auflegen. Er suchte dafür Mama Weer All Crazee Now die aktuelle Single der Band SLADE aus. Eine sehr gute Wahl, ein richtiger Partykracher, der einen unwillkürlich zu wilden Bewegungen stimulierte. Wir gaben unser Bestes. Innerhalb kürzester Zeit war die Tanzfläche voll mit wild hüpfenden Teenagern. Der Bann war gebrochen, es war, als hätte jemand den Schalter umgelegt. Bei fast allen gab es kein Halten mehr, alle gegenwärtigen Gassenhauer wurden unter lautem Johlen aufgelegt.

Little Willy von SWEET, DAVID CASSIDYs Rock Me Baby und bei Hot Love von T.REX, ein Song der textlich zur Hälfte nur aus einem La La La Lalalala besteht, hat die ganze nun schwitzende Meute laut mitgesungen. Eigentlich war ich über diese Teenie Bands schon ein wenig hinweg. Doch bei vielen, vor allem der Mädchen, waren sie Top angesagt. Außerdem waren sie für diese Party absolut passend. Gegen später erlaubte ich mir, ein paar progressivere und härtere Titel aufzulegen. Ich kann mich nicht daran erinnern jemals wieder so eine unbeschwerte, ausgelassene und harmonische Stimmung erlebt zu haben.

Nur, wie ich es vorher gesehen hatte, saß Helga das deftige Bauernmädchen alleine auf ihrem Stuhl und niemand forderte sie zum Tanzen auf. Die tolle Stimmung war nicht dabei zu kippen, doch die Mädels waren, sagen wir mal, ein bisschen sauer auf uns. Einige zogen sich zur Beratung in den noch leeren Waschraum zurück. Nach wenigen Minuten holte Sina mich zusammen mit zwei anderen Jungs nach draußen, die ganze Mädchenclique beschwerte sich über unser unmögliches und total unsoziales Verhalten. Sie verlangten unser Benehmen zu überdenken. Mittlerweile fühlte mich ein wenig sicherer, und erlaubte mir, Sina zu wiedersprechen. Verständnislos begann ich halbherzige Erklärungen abzugeben, so in etwa „Dass mir das klar war und dass sie solch ein Opfer nicht von uns verlangen könnten". Mein letztes Wort war noch nicht ganz ausgesprochen, da verengten sich Sinas Augen zu ganz schmalen Schlitzen. Diesen Blick von ihr kannte ich nur aus Streitereien mit anderen Mädchen. Mit drohender Stimme, die sie mir gegenüber bisher so noch nicht gezeigt hatte, sagte sie „Ich schwöre dir, wenn du nicht ab und zu mit Helga tanzt, tanze ich mit allen Stehblues außer mit dir". Wow, das hat gesessen, so wie ich sie kannte, war klar, dass sie es ernst meinte.

Die Vorstellung dass Sina mit jemand anderem als mit mir Stehblues tanzte, beunruhigte mich schlagartig. Ich hatte mir darüber noch keine Gedanken gemacht. Mit dieser Androhung konfrontiert, lief ein grausamer Film vor meinen Augen ab.

Unter keinen Umständen wollte ich, dass jemand anderes außer mir, mit Sina engumschlungen tanzte. Notgedrungen versprach ich, dass ich mit gutem Beispiel vorangehen und Helga auffordern würde. Oh Mann, was habe ich mir da wieder eingebrockt. Kleinlaut schlich ich wieder zurück und nahm mir vor, diese hohe Hürde gleich zu erklimmen. Schnurstracks lief ich auf Helga zu und erfüllte mein Versprechen. Die anderen Jungs schauten uns recht verwundert an. Mit deutlicher Gestik signalisierte ich, dass ich das von ihnen auch erwartete. Einige gingen danach mit gutem Beispiel voran und taten es mir gleich. Helga kam dann für vier oder fünf Songs nicht mehr von Tanzfläche. Später wurde sie immer mal wieder, auch von mir, aufgefordert. Sie lächelte verlegen und man sah ihr die Freude an. Um es vorweg zu nehmen, später am Ende der Party befand ich mich in einer solchen hormonellen Hochstimmung, dass ich sogar noch einen Stehblues mit ihr tanzte, allerdings mit gehörigem Sicherheitsabstand. Monate später musste ich öfters an diese Aktion denken. Ich glaube, dass dabei zum ersten Mal sowas wie ein Hauch der Hippiekultur an mir vorbei zog. „Niemanden auszugrenzen und schon gar nicht wegen Äußerlichkeiten" Später sollte ich viel von dieser jugendlichen Protestbewegung, in der die Freiheit die Autorität dominieren sollte, verinnerlichen. Bemerkenswerter weise waren die Mädchen auch auf dieser Ebene mir und den anderen Jungs weit voraus. Aber der heutige Tag war noch jung, die Leute verteilten sich im ganzen Untergeschoß. Walters Schlafsofa war ein heißbegehrter Platz, wobei man sich unwillkürlich näherkam.

Draußen wurde es langsam dunkel und die Stimmen derer, die endlich einen Stehblues verlangten, wurden immer lauter. Jetzt war es soweit, ich legte Nights in White Satin von den MOODY BLUES auf und beauftragte Walter unmittelbar hinterher Without You von HARRY NILSSON nachzulegen. Ohne Umschweife schnappte ich Sina, wir umarmten uns und begannen zu tanzen. Die Tanzfläche war sofort brechend voll, denn beinahe alle sehnten diesen Höhepunkt herbei.

Die anfängliche Zurückhaltung war komplett verflogen. Der Abstand zwischen mir und Sina war hauchdünn! Wir waren beide sehr ineinander verliebt und genossen gemeinsam die zärtlichen Bewegungen. Langsam tastete ich mich mit den Händen in Regionen vor, die bisher unerreicht waren. Meine Unsicherheit war ganz verflogen, weil ich spürte, dass es Sina gefiel. Ich drückte sie mit meinen Händen ganz an mich heran, so dass wir uns überall berührten. Wange an Wange drehten wir uns zur Musik im Kreis. Vorsichtig nahm ich meinen Kopf zurück, und die Lippen begannen sich zu berühren. Wir begannen uns zärtlich zu liebkosen, und dann passierte es, unsere Zungen berührten sich, wir küssten uns intensiv. Der erste Zungenkuss, für mich und auch für Sina. Solch ein wunderschönes Gefühl, wie oft habe ich daran gezweifelt, ob ich jemals solche Zuneigung erfahren würde. Diese Ebene erreichen zu dürfen, entschädigte mich für alle Schläge und Demütigungen. Wir hörten einfach nicht auf uns zu küssen, auch nicht als der zweite Song vorbei war. Walter legte noch ganz schnell Mamy Blue von den POP TOPS auf. Was Besseres hätte ihm nicht einfallen können und stimulierte uns, uns noch hemmungsloser zu küssen. Meine Hände glitten nun wesentlich sicherer immer wieder über Sinas Hintern und pressten dabei ihren Unterkörper heftig an meinen.

Ich war zum ersten Mal so erregt, das mein Blut begann, ohne dass ich nachhelfen musste, in bestimmte Teile meines Körpers zu fließen. Sina spürte das und drückte dagegen, oh du tolle Welt, was wirst du mir in dieser Hinsicht noch bescheren. Die Augen geschlossen, projizierte mir meine Fantasie die großartigsten Bilder ins Bewusstsein. Auf einer großen Wolke sitzend, trieben wir schwebend durch die Unendlichkeit von Raum und Zeit. Bunte Blüten in allen Farben prasselnden auf uns herab, ein Ort der perfekten Harmonie und Zufriedenheit. War ich im Himmel oder hatte ich das Paradies gesehen, beides schien mir möglich. Nie mehr wollte ich aus diesem Traum erwachen, diese Vision brannte sich für immer in mein Gedächtnis ein. Gut, dass das alles ziemlich unvorbereitet auf mich hereinbrach, und ich nicht hin und her überlegen konnte.

Die Gefahr, dass ich dann dadurch mit meiner oft folgenden Toll-
patschigkeit einiges versaute, war jetzt nicht mehr gegeben. So miteinander verbunden, versunken in unserer eigenen Welt, merkten
wir nicht, dass das Lied zu Ende war. Die markante Maultrommel,
der aktuellen Single von The WHO, Join Together verflüssigte die
Wolke und spülte uns beide wieder an die Oberfläche der Realität.
Mit einem doch sehr verklärten Blick, setzten wir uns in eine Ecke
und umarmten uns fest. Weder ich noch Sina sagten ein Wort, ei-
genartiger Weise hatte ich nicht ansatzweise das Bedürfnis etwas zu
sagen. Wir saßen einfach da und genossen diesen für beide großen
Moment.

Um uns herum hatte sich einiges getan, Walter flirtete heftig mit
Karin, Silke und Michi lehnten an der Wand und küssten sich ebenfalls. Lächelnd und wohlwollend nahmen wir das zur Kenntnis.
Damit Walter sich ganz auf Karin konzentrieren konnte, setze ich
mich hinter den Plattenspieler und übernahm für den Rest des Tages die Verantwortung für die Musik. Sina saß mir, immer noch mit
verklärtem Blick und ganz still, auf dem Schoß. Das war außergewöhnlich und mir wurde klar, dass unser heutiges Erlebnis genauso
nachhaltig für sie, wie für mich war.

Nun war es Zeit etwas von den großen Bands aufzulegen. Ich begann mit Hey Joe von JIMI HENDRIX. Nahtlos danach Whole
Lotta Love LED ZEPPELINs erster großer Hit und Smoke on The
Water von DEEP PURPLE. Beide Songs sollten wegen ihres genia-
len und markanten Gitarrenriffs in die Musikgeschichte eingehen.
Für nahezu alle jungen Rock Gitarristen gehören diese Riffs bis
heute zum Pflichtprogramm ihrer Ausbildung. Zu meiner Genugtuung ging es dabei nochmal so richtig ab auf der Tanzfläche. Doch
die Zeit war wie im Rausch verflogen und wir mussten leider langsam zum Ende kommen. Es hatte sich auch schon ein wenig ge-
leert, denn einige mussten tatsächlich schon um 21.00 Uhr zuhause
sein. Ich kündigten den letzten Song an, was umgehend mit einem
langgezogenen oh............. beantwortet wurde.

Es sollte nochmal etwas außergewöhnliches sein, und so war der letzte Titel Changes ein Stehblues, der sonst brettharten Band BLACK SABBATH. Unbewusst der absolut richtige Titel, denn Walter und Karin nahmen diese heutige letzte Chance beim Schopf und küssten sich leidenschaftlich, während sie tanzten. Ich forderte, wie schon erwähnt, Helga zum Tanzen auf, was sie völlig überraschend ablehnte. Das konnte ich nun aber nicht wirklich auf mir sitzen lassen, ich nahm ihre Hand und zog sie einfach mit ein wenig Nachdruck auf die Tanzfläche. Mit dieser Aktion verblüffte ich die Mädchen mal so richtig. Obwohl sie ziemlich resolut mit uns umgingen bei diesem Thema, hatten sie es sich nicht getraut, von mir oder einem anderen Jungen zu verlangen einen Stehblues mit ihr zu tanzen. Ich glaube danach ist es mir nie mehr gelungen, dass mich alle staunend und sprachlos ansahen. Helga war danach sichtlich gerührt, und ich war so richtig mit mir im Reinen. Denn es war ein schönes Gefühl, anderen Menschen eine Freude bereiten zu können. Zumindest für mich, das hatte ich an diesem Abend auch gelernt.

Dieser Tag ist sicher lange in gemeinsamer Erinnerung geblieben, denn nicht wenige hatten heute zum ersten Mal richtig geküsst. Am Ende des in jeder Hinsicht großartigen Festes nahmen wir uns alle in die Arme verabschiedeten uns herzlich voneinander. Alle waren glücklich, es gab niemand, der auch nur den Hauch einer Verstimmung oder Ungereimtheit mit nach Hause nahm. Von allen Seiten her wurde das Verlangen ausgesprochen, dieses tolle Ereignis, so oft es geht, zu wiederholen. Was wir natürlich auch in die Tat umsetzten, in den folgenden Monaten sollten noch einige solcher Partys, meistens immer bei Walter, stattfinden. Es waren immer wunderschöne Feste, auch wenn der Geist, der Flair der ersten Party nachvollziehbarer Weise unerreicht blieb. Zusammen mit Sina, Silke und Michi bedankte ich mich bei Walter für alles, wir versprachen ihm, am nächsten Tag gemeinsam aufzuräumen. Bis auf Karin waren wir die letzten die gingen, und selbstverständlich begleiteten wir beide Mädchen bis vor die Haustür.

Nach einem intensiven aber viel zu kurzen Abschiedskuss entschwanden sie beide engelsgleich im Eingang dieser freudlosen Wohnblöcke.

Die nächsten Tage und Wochen waren ein einziger Sonnenschein, auch wenn es regnete. Wir waren fast 14 Jahre alt und, obwohl sich die Zeiten geändert hatten, konnten wir nicht so viel Gemeinsames miteinander verbringen wie wir wollten. Ich hatte noch kein eigenes Zimmer Sina so einfach mal zu besuchen, war auch nicht möglich. Wir mussten unsere Eltern schön langsam auf unsere neue Lebenssituation vorbereiten. Bei mir Zuhause war einiges im Umbruch, mein älterer Bruder Gerhard zog während seiner Bundeswehrzeit wieder bei uns ein. Nur am Wochenende war er regelmäßig da. Es sollte auch nur eine Übergangslösung für ihn sein, er plante direkt nach dem Bund, sich eine eigene Wohnung zu nehmen. Es handelte sich also nur noch um wenige Wochen, dann sollte ich mein erstes eigenes Zimmer bekommen. Es lag ganz auf der anderen Seite des Wohn- und des Schlafzimmers meiner Eltern, gegenüber der Eingangstür. In meiner sprunghaften Fantasie begann ich mir die Zukunft in den schönsten Farben auszumalen. Regelmäßig sah ich Sina nur in der Schule, wenn möglich, trafen wir uns für zwei oder drei Stunden mittags oder am Wochenende. Doch bei jedem Heimspiel meiner Fußballmannschaft saß sie zusammen mit Silke hinter meinem Tor. Michi spielte auch bei mir in der Mannschaft. Es tat meinem Ego sehr gut, ich habe es total genossen, wenn beide uns anfeuerten.

Zuhause begannen jetzt wieder öfters nervige ärgerliche Diskusionen. Mittlerweile hatte ich gottseidank keine so radikale Kurzhaarfrisur mehr. Meine Haare fielen leicht über die Ohren, und standen hinten am Hemdkragen auf. Kaum hatten sie diese Länge überschritten ging der Stress wieder los. Schlagen hätte ich mich nicht mehr lassen, das hat mein Vater auch gemerkt. Natürlich wollte ich meinen Helden optisch so nah wie möglich kommen, damit war weiterer Ärger mit meinen Eltern vorprogrammiert. Letztlich hatte ich keine Chance, mein Vater saß am längeren Hebel.

Murrend und völlig verständnislos ließ ich, bevor es zum Eklat kam, die Haare angemessen schneiden. Außerdem wollte ich endlich eine Jeans, die meisten meiner Freunde hatten jetzt ihre erste Jeans bekommen. Aber natürlich schwang mein Vater Zuhause wieder die verbale Keule des Patriarchen. „Solange ich hier was zu sagen habe, läuft mein Sohn nicht in so einer schlampigen Arbeitshose durch die Gegend" Das war einer seiner Lieblingssätze, wenn ich mit immer größerer Vehemenz andere Klamotten forderte. Doch der Unmut Zuhause war der einzige Ärger, den ich in der Zeit ertragen musste. Die ganze Welt stand uns offen, wer sollte uns aufhalten. Die Zeit wartet auf niemand, wer sich abhängen ließ, verpasste mit Bestimmtheit die Aura dieser einzigartigen Epoche. Es sollte noch einige Jahre so bleiben. Ich kann mich deshalb, außer den ständigen Diskusionen Zuhause, an keine sonstigen negativen Begleiterscheinungen erinnern.

Groteskerweise spiegelte die damalige politische Lage eine andere Einschätzung wieder. Die Studentenunruhen hatten sich schon seit längerer Zeit beruhigt, Willy Brandt war seit 1969 Bundeskanzler. Durch seine mehr Demokratie wagende Politik holte er viele von der Straße zurück in die politische Verantwortung. Doch einige Radikalisierten sich und rutschten in die Illegalität und schließlich in den Terrorismus ab. Andreas Bader wurde am 14. Mai 1970 von Gudrun Ensslin und Ulrike Meinhof aus der Haft befreit, wo er wegen einer Kaufhausbrandstiftung einsaß. Dieser Tag gilt als Geburtsstunde der *RAF. Einer linksterroristischen Organisation, die die nächsten Jahre die politische Landschaft in West-Deutschland bestimmen sollte. Für uns spielte das in der Freizeit keine große Rolle. Für radikale Maßnahmen waren wir einfach zu jung. Ein wahrscheinlich glücklicher Umstand.

*Rote Armee Fraktion

Mit meiner großen Ablehnung, ja teilweise sogar Wut, auf diesen ganzen kleinbürgerlichen Mief, den dieser Staat repräsentierte, wäre ich vielleicht empfänglich gewesen für radikale Aktionen. Die Generation meiner Eltern verabscheuten alles, was nur annähernd mit der RAF zu tun hatte. Doch es bestand eine große Sympathisantenszene im Lande.

Ich konnte mir auch eine gewisse Sympathie, wie die meisten meiner Freunde, nicht verkneifen. Zuhause hätte ich das nie gewagt zu sagen, ich möchte mir auch nicht vorstellen, was dann alles hätte passieren können. Aber wie gesagt, unter uns spielte das eher eine untergeordnete Rolle. Doch im Land und auf der Straße veränderte sich vieles, der Polizeiapparat wurde immens vergrößert. Überall musste man mit Straßenkontrollen rechnen, doch da noch keiner von uns motorisiert war, wurden wir damit noch wenig konfrontiert. Es waren alles Maßnahmen, die mit meiner Attitüde, die ich in den nächsten Jahren annehmen sollte, nichts Konformes hatte. Als in diesem Zusammenhang immer mehr Tote zu beklagen waren, setzte doch ein wenn auch kleiner Denkprozess bei mir und vielen anderen ein.

Kapitel 4   1973 - 1974

Inzwischen hatten wir das Jahr 1973 überschritten. Für unsern Jahrgang stand dieses Jahr die Konfirmation auf dem Programm. In meinem Elternhaus spielte Religion keine Rolle, und eigentlich war es eine lästige Prozedur für mich und die meisten anderen. Zu diesem Anlass wurde nahezu die ganze Verwandtschaft eingeladen. Man stand auf der Schwelle des Erwachsen Werdens, deshalb bekam man fast ausschließlich Geldgeschenke. Bisher hatte ich so gut wie kein eigenes Geld zur Verfügung. Ich war nie darauf fixiert, doch es nervte, für jede Freude, für jede Annehmlichkeit, danach fragen zu müssen. Je nach Größe der Verwandtschaft konnte da für jemand wie mich ein kleines Vermögen zusammen kommen. Von meinem Konfirmationsgeld kaufte ich ohne zu fragen meine erste Jeans und einen kleinen Plattenspieler.

Es war zwingend notwendig, sofort mit angezogener Jeans in die Badewanne zu sitzen. Nur dann war der perfekte Sitz garantiert, das dachten wir jedenfalls. In bester Laune, mit der Hose in der Badewanne sitzend, hörte ich überrascht die Wohnungstüre. Meine Eltern kamen früher nach Hause, als ich dachte. So langsam glaubte ich nicht mehr an Zufälle, eigentlich wollte ich sie schonend auf meinen Einkauf vorbereiten. Als sie mich so sahen, löste das erst mal bei beiden fassungsloses Kopfschütteln aus. Inzwischen waren sie schon einiges von mir gewöhnt, doch ich schaffte es immer wieder sie aufs Neue zu überraschen. Lange Erklärungen sparte ich mir besser aus, es hätte sowieso nichts gebracht. Nachdem sie sich wieder gefangen hatten, stellten sie mich natürlich zur Rede. Wie ich dazu komme, einfach ohne zu fragen, Dinge zu kaufen, die sie mir seither verweigerten. Doch ich ließ mich auf keine längeren Streitereien diesbezüglich mit ihnen ein.

Es war mein Geld, ich erlaubte mir damit zu machen, was ich wollte, das habe ich ihnen gegenüber auch deutlich zum Ausdruck gebracht. Meine Eltern waren erst mal sprachlos, mein Vater verschwand, ohne noch etwas zu sagen, wutentbrannt aus meinem Zimmer. Mittlerweile war Gerhard ausgezogen, ich hatte endlich mein eigenes Zimmer. Zu meiner Überraschung war es jetzt meine Mutter, die herum feixte, und dabei permanent meine Nervenstränge überstrapazierte. Was musste ich mir alles anhören „Das sind wohl deine neuen Methoden, die du jetzt überall bei deinen langhaarigen Freunden lernst, so einen wollen wir nicht Zuhause haben" So setzte sich das in einer Tour fort, bis es mir zu dumm wurde. Ich sagte ihr, sie solle mich in Ruhe lassen und aus dem Zimmer gehen. Sowas hatte ich mir bis dahin noch gar nicht erlaubt. Wahrscheinlich verstummte sie deshalb abrupt und knallte die Türe hinter sich zu.

Jetzt war ich es, der nicht innehalten konnte. Ich hatte mich vor einigen Wochen mit Hector angefreundet. Hector war auch ein Spitzname. Er ging in der Grundschule zu mir in die Klasse, doch dann besuchte er die Realschule und wir verloren uns aus den Augen. Über die Musik fanden wir wieder zueinander, er hatte eine E-Gitarre, was ich richtig klasse fand. Wenn ich ihn besuchte, beglückte er mich mit einigen Passagen meiner Lieblingsstücke. Ich war so stark beeindruckt, dass ich beschloss, Schlagzeug zu lernen, um dann gemeinsam mit ihm eine Band zu gründen. Derart angefressen davon, mich rechtfertigen zu müssen für was ich mein Geld ausgab, riss ich die Türe nochmal auf, und schrie meiner Mutter in einer dementsprechenden Lautstäke hinterher „Und von dem restlichen Geld kaufe ich mir ein Schlagzeug" Diese Aktion bescherte mir eine ausgesprochene innere Genugtuung, selbstgefällig setzte ich mich mit meinem neuen Plattenspieler auseinander.

Auf einmal ging ganz langsam die Türe auf, mein Vater streckte nur seinen Kopf herein und sagte mit einer für mich ungewöhnlich ruhigen Stimme „Überlege dir gut, was du tust, das ist nur ein gut gemeinter Rat von mir" Puh, was war denn das jetzt, so kannte ich ihn ja überhaupt nicht, und es gefiel mir auch nicht. Wie sollte ich das einordnen, ich beschloss mir erst mal keine große Gedanken zu machen, war aber fest entschlossen mir das Schlagzeug zu kaufen. Naiv wie ich war, beließ ich das restliche Geld in einem Umschlag in meinem Zimmer liegen.

Weniger Tage später kam ich nach der Schule nach Hause und der Umschlag war weg. Sofort stellte ich meine Mutter zur Rede, in einem ziemlich überheblichen Ton sagte sie mir, dass sie das Geld für mich verwalten würde. Das wäre mit meinem Vater abgesprochen, und da ich nicht volljährig wäre, hätte ich das zu akzeptieren. Jetzt hatte sie wieder den kleinen Berserker in mir geweckt. Von einer Sekunde auf die nächste war ich von null auf hundert. Ich schrie, fauchte, „ ich will sofort mein Geld". Um dem Ganzen noch richtig Nachdruck zu verleihen, trat ich noch gegen den Küchenstuhl. Er flog krachend gegen den Kühlschrank. Eine große Schramme an der Tür sollte mich dauerhaft an diesen Tag erinnern.

Sie verwies mich darauf aus der Küche, war aber ansonsten unbeeindruckt von meiner Rage. Als abends mein Vater nach Hause kam, sprach ich ihn sofort darauf an. Nur ein halbes Jahr früher hätte ich mir das bestimmt nicht getraut. Zum ersten Mal erklärte er mir was in einem ruhigen Ton, warum ich das Geld nicht bekommen würde. Meine Leistungen in der Schule waren einfach zu schlecht. Da er mich gut genug kannte, war klar, dass mein Lerneifer dadurch nicht besser werden würde. Er wollte, dass ich einen vernünftigen Beruf erlernte, da passte das Schlagzeug so überhaupt nicht ins Programm. Im Nachhinein muss man das wohl verstehen, doch vielleicht haben sie mir auch eine Möglichkeit verbaut, meinem weiteren Leben den Sinn zu geben, den ich immer suchte. Meine Musikerkarriere war auf jeden Fall beendet, bevor sie begonnen hatte.

Beim Fußball lief es dafür immer besser, man hatte mich sogar zum Mannschaftkapitän gewählt. Gleichzeitig spielte ich auch regelmäßig Sonntagmorgens eine Altersklasse höher, die älteren hatten Torwartprobleme. Ich war sowieso einer der größten und kräftigsten und konnte mich auch da ohne Schwierigkeiten durchsetzten. Ich hatte mir in der Umgebung einen guten Namen gemacht und wurde erstmals in die Bezirksauswahl einberufen. Mein Vater hat mich nie gelobt, aber er hat nach Möglichkeit kein Spiel von mir ausgelassen. Mich loben hat er wohl einfach nicht geschafft, er zeigte mir seine Anerkennung durch seine regelmäßige Anwesenheit als Zuschauer. Irgendwie wusste ich, dass er nicht anders konnte, warum auch immer. Dafür war ich ihm aber nie böse sondern freute mich, wenn er da war und ich gut spielte.

Sina und ich waren jetzt über ein halbes Jahr zusammen. Ich nahm sie eines Tages einfach so mal mit zu mir nach Hause. Meine Mutter schaute recht trübe aus der Wäsche, verkniff sich aber zu meiner Erleichterung jeglichen Kommentar. Außerdem war ich froh, dass sie Sinas freundliches Grüß Gott erwiderte, wenn auch zähneknirschend. Sie hat langsam eingesehen, dass die Zeit vorbei war wo ich mich ständig bevormunden ließ. Utz kam aus seinem Zimmer, er kannte Sina schon länger, und verstand sich sehr gut mit ihr. Er war immer freundlich, gut aufgelegt, und hatte oft ein Lächeln im Gesicht. Mit seinem unbekümmerten und sonnigen Gemüt hat er die leicht angespannte Situation sofort entschärft. Die Freude, mit der er uns begrüßte, war ehrlich und aufrichtig, das spürte man sofort. Sina war sichtlich erleichtert als sie ihn sah. Wir verzogen uns in meine Bude, meine Mutter ließ uns gottseidank auch in Ruhe. Lange habe ich das herbeigesehnt, ich fühlte mich super und fast erwachsen. Doch wir waren blutjunge Hüpfer, unerfahren aber neugierig auf alle Veränderungen, die unsere Gefühlswelt zum Explodieren brachte. Mächtig waren sie zu spüren diese Veränderungen, sie spülten uns in einen Ozean voller Emotionen. Zum Glück spielte uns der damals aktuelle Zeitgeist gewaltig in die Karten.

Seit dem Ärger mit dem Schlagzeug hatte ich meine Mutter ständig gelöchert, dass sie etwas von meinem Geld rausrückt. Was sie dann, wenn auch widerwillig tat. So konnte ich mir eine kleine eigene Plattensammlung zulegen, die anfangs Weitgehends aus Singles bestand. An meine ersten Langspielplatten kann ich mich sehr gut erinnern. Die erste, wie sollte es sonst sein, war Houses Of the Holy von LED ZEPPELIN, die zweite eine der bis heute besten Livescheiben, made in Japan von DEEP PURPLE, und die dritte CHICKEN SHACKs Unlucky Boy.

Wir setzten uns aufs Bett, Sina legte den Kopf auf meine Brust, wir hörten gemeinsam Musik. Es war seit unserer großen Party bisher noch nicht viel mehr passiert. Natürlich küsste ich sie, so oft ich Gelegenheit dazu hatte. Wir liefen Hand in Hand, oder ich legte meinen Arm über ihre Schulter. Ansonsten waren wir noch zurückhaltend und vorsichtig. Aber unsere Körper verlangten mehr, nur der Kopf konnte da bisher nicht so richtig mithalten. Zärtlich strich ich ihr über die Wangen, und wir schauten uns tief in die Augen. Unsere Lippen suchten sich förmlich und verschmolzen zu einem außergewöhnlich langen und schönen Kuss. Im Hintergrund lief Child In Time, und ich begann langsam Sina überall zu streicheln. Ihr Atem veränderte sich, war er bisher flach und normal, ging er jetzt über in ein leises Keuchen. Ihre Hände wanderten gierig unter mein T-Shirt, und die Sinne zeigten uns eine bis dahin unbekannte Ebene. Auf einem neuen Pfad wandelnd betraten wir unsere eigene kleine Welt voller Sehnsucht und Zärtlichkeit .Das Tempo des Stückes nahm kontinuierlich zu. Die anfänglich gefühlsbetonende Gitarre steigerte sich nach den markigen Schreien des Sängers Ian Gillan in ein wildes Gitarrensolo. Dadurch animiert begannen unsere Berührungen heftiger und gezielter zu werden. Wir waren wie in Trance, ich weiß nicht, was noch alles hätte passieren können. Aber das Ende des Liedes ließ uns beide wieder zu einer gewissen Normalität zurückkehren. Ein schönes Gefühl, dieses gegenseitige Vertrauen zu spüren, die Zukunft sollte noch viele schöne Momente bringen.

Wie immer wenn ich konnte, brachte ich Sina auch an diesem Tag nach Hause. Der Abschied heute fiel mir verdammt schwer, ich wollte sie am liebsten immer bei mir haben. Völlig gefangen in meinen Gedanken machte ich mich auf den Heimweg. Unterwegs kamen mir Silke und Michi entgegen. Sie merkten beide sofort, dass irgendetwas nicht stimmte. Silke trug ihr Herz immer auf der Zunge, Michi war eher introvertiert und redete eigentlich nur, wenn es unbedingt sein musste.

Deswegen war Silke es, die mich gezielt darauf ansprach „Was ist denn heute los mit dir, so kenn ich dich ja gar nicht, muss ich mir Sorgen machen". Mit leiser Stimme antwortete ich ihr „Ach Silke, ich habe Angst sie irgendwann zu verlieren". Sie wusste sofort, wen ich meinte. Mit einer tiefen Herzlichkeit nahm sie mich in die Arme und flüsterte mir ins Ohr „Denk nicht so viel nach, sondern genieße einfach die Zeit und den Moment" Das war der Unterschied, ein Junge hätte das nie gemacht, es hätte nicht viel gefehlt und mir wären die Tränen gekommen. Es gab öfters Situationen in meinem Leben, wo ich mir sehnlichst gewünscht hatte von jemand in den Arm genommen zu werden. Heute hat es mir sehr geholfen. Mit einem „Komm gut heim bis morgen" verabschiedeten wir uns. In meinem Kopf ging es drunter und drüber. Silke und Michi waren unsere besten Freunde, in der Freizeit unternahmen wir fast alles miteinander. Auf dem Pausenhof, im Freibad oder an unserem Cliquentreffpunkt am Neckar wir hingen immer gemeinsam ab. Die Lebensfreude stand uns ins Gesicht geschrieben, und in der erweiterten Clique nannte man uns nur die *Fantastischen Vier. Es ist so wertvoll gute Freunde zu haben, die einen so nehmen, wie man ist, die für einen da sind, wenn es wichtig ist.

*US amerikanische Comicreihe

Mit diesem Eindruck kam ich Zuhause an, wollte nur noch alleine sein und Musik hören. Jetzt musste ich Stairway To Heaven hören, nichts anderes durfte ich meiner Gefühlebene zumuten. Die aufgekratzte Stimme meiner Mutter holte mich sofort wieder auf den Boden der Tatsachen zurück. Mein Vater war mittlerweile auch nach Hause gekommen, sie zedierten mich ins Wohnzimmer.

Entspannt mit seinem üblichen Viertele Wein saß mein Vater vor dem Fernseher. Seine Gelassenheit wurde mir langsam unheimlich. Dafür griff meine Mutter wieder ganz tief in ihre verstaubte Regelkiste. In ernstem aber sachlichem Ton warf sie mir ihre vorsintflutlichen Argumente an den Kopf „Wird das jetzt zur Regel, dass du deine Freundin mit nach Hause bringst, meinst du nicht, dass ihr noch zu jung seid. Außerdem solltest du mehr für die Schule tun und nicht den verliebten Gockel spielen. Aber eins sage ich dir, es kommt mir nicht in Frage dass du sie mitbringst wenn wir nicht da sind. Wo kommen wir denn da hin, wir sind doch kein Puff!" Das war jetzt selbst meinem Vater zu viel. Etwas erschrocken sagte er „Jetzt übertreibst du aber". Nun war ich es, der fassungslos den Kopf schüttelte. Immer noch verwirrt durch die Berg und Talfahrt meiner Gefühle war ich nicht in der Lage, mir so einen Blödsinn anzuhören. Wortlos ging ich so schnell wie möglich in mein Zimmer, legte Stairway auf und träumte mit offenen Augen auf dem Bett liegend von unserer neuen Welt.

Den verbalen Ausrutscher meiner Mutter ignorierte ich einfach. Wenn ich wollte, nahm ich Sina mit zu mir, ob jemand zu Hause war oder nicht, das war mir ziemlich egal. Inzwischen hatten es meine Eltern auch aufgegeben an meinen Haaren herum zu mäkeln. Sie fielen mir mittlerweile über die Schultern, und mit meinem Mittelscheitel kam ich meiner Idealvorstellung immer näher. In dieser Sturm und Drang Phase kommt einem ein Jahr wie eine Ewigkeit vor. Die persönliche Entwicklung, die man in so einem Jahr durchmacht, kann aber für das Leben schon von einer enormen Tragweite sein.

Bisher haben sich die Freundschaften und damit verbundenen Freizeitaktivitäten meistens auf Leute innerhalb der Klasse beschränkt. Neue Interessen zeichneten sich ab, dadurch entstanden auch andere Strukturen. In der Klasse waren wir immer noch sowas ähnliches wie eine große Familie. Doch nach der Schule traf man sich mit denen, die mit einem auf der gleichen Wellenlänge lagen. Ein normaler Vorgang, der bestimmt in anderen Klassen auch so ähnlich ablief. Neue Cliquen entstanden, und durch die Vielfalt der Interessen begann für viele eine beeindruckende kreative Phase.

Die Freundschaft zu Hector wurde intensiver, als Nachwuchsgitarrist war er angesehen und sehr gefragt. Um ihn herum bildete sich eine Clique der Musikfreaks. Selbstverständlich gehörte ich von Anfang an dazu, Michi war auch dabei und Ralfi, unser Wuschelkopf, er brachte seine Kumpels, Bibi und Huppes mit. Entweder trafen wir uns bei Hector, oder bei Ralfi, der von seinem einige Jahre älteren Bruder immer neue *LPs anschleppte. Mein unstillbarer Wissensdurst für die Rockmusik sorgte dafür, dass mir viele Bands namentlich bekannt waren. Bisher war es aber unmöglich in dieser kreativen musikalischen Hochphase alles, was an neuem so auf den Markt kam, auch nur ansatzweise anzuhören.

Bei Ralfi wurde ich zum ersten Mal mit den sogenannten *Prog Rock, oder Psychedelic Rock Bands wie PINK FLOYD, YES, oder GENESIS konfrontiert. Was völlig anderes als das, was mir bis dahin geläufig war. Unfassbar, wie groß muss das Füllhorn gewesen sein, das in schöner Regelmäßigkeit neue Bands und neue Musik über uns ausschüttete. Alle hatten ihren eigenen Stil, es gab Übereinstimmungen aber keine hörte sich an wie eine andere. Sobald die ersten Klänge der Gitarre oder die Stimme des Sängers aus dem Lautsprecher unseren Gehörgang berieselte, wusste man das ist SANTANA oder WISHBONE ASH oder JETHRO TULL oder oder oder.

* **Langspielplatten**   * **Progressive Rock**

Nachdem Genuss der 1973 erschienen LP Dark Side of The Moon, von PINK FLOYD, ging es mir fast so wie bei Stairway To Heaven. Solch ein musikalisches Meisterwerk kann man nur in einer absolut außergewöhnlichen Zeit zustande bringen.

Jeder Tag, jede Woche war komplett ausgefüllt. Soviel Zeit wie möglich verbrachte ich mit Sina, oder wir gemeinsam mit Silke und Michi. In den anderen Tagen galt es zusammen mit den Jungs bei Hector oder Ralfi, den musikalischen Horizont zu erweitern. Die Mädels waren da selten dabei, die ganzen Zeit laute Musik hören und ununterbrochen über Bands, Musiker und verschiedene Musik-stile zu labern war ihnen einfach zu langweilig.

Zudem hatte außer Michi und mir, nur Ralfi eine feste Freundin. Die anderen waren noch Solo und nicht sonderlich begeistert, wenn wir uns mehr mit den Mädels beschäftigten, als mit ihnen und der Musik. So blieben wir meistens unter uns, und ich denke, dass war auch ganz vernünftig. Tja und Samstag und Sonntag war Fußball angesagt, wann also hätte ich Hausaufgaben machen oder noch lernen sollen. Da blieb nun wirklich nicht mehr viel übrig. Und wo-anders welche dafür stehlen, wäre mir nicht ansatzweise in den Sinn gekommen. Man musste schließlich Prioritäten setzen, die Schule gehörte sehr zum Leidwesen meiner Eltern immer weniger dazu.

Unter uns Musikfreaks begannen heiße Diskussionen, wer denn der bessere Gitarrist sei, *Jimmy Page, *Ritchie Blackmore oder doch Jimi Hendrix. Eigentlich eine sinnlose Debatte, denn alle drei und noch einige mehr gehören zur Creme del a Creme der Rock Gitar-risten. Die individuelle Meinung war hier ausschlaggebend und des-halb eine Klassifizierung, begrenzt auf bester oder zweitbester völlig unnötig. Jimi Hendrix war mit Sicherheit der experimentellste und innovativste von allen.

*Gitarrist Led Zeppelin   ***Gitarrist Deep Purple**

Er verwendete diverse Effektgeräte, nutzte als erster Gitarrist das
Wah Wah Pedal und zauberte völlig neue psychedelische Klänge in
die Rock Welt, die vorher so noch nie zu hören waren. Er starb
1970 leider viel zu früh an den Folgen des exzessiven Lebens eines
Rockmusikers. Bis dahin kannte ich nur Hits wie Hey Joe oder
Purple Haze von diesem Gitarrenhexer. Später allerdings, nachdem
ich mich intensiver mit ihm auseinander gesetzt hatte, wurde mir
klar welch wichtige Rolle er für die Rockmusik spielte. Sein Auftritt
bei der Mutter aller Festivals, dem legendären Woodstock Festival
1969, stellte ein wichtiges historisches Zeitdokument dar. Die In-
terpretation der amerikanischen Nationalhymne unter dem Eindruck des Vietnamkrieges, begriffen viele bemitleidenswerte nicht,
für sie war es nur Krach. Die Hippies und die meisten Fans der
Rockmusik verstanden sehr wohl, was er damit ausdrücken wollte.
Woodstock war der Höhepunkt der Hippiekultur, das war uns damals allerdings nicht bewusst. Danach veränderte sich der Zeitgeist
langsam aber stetig. Unser Enthusiasmus für diesen Lebensstil war
ungebrochen. Lechzend arbeiteten wir alles auf, das uns als spätge-
borene entgangen war. Für uns war er noch lange nicht vorbei dieser friedliche Gegenpol zur modernen Wohlstands- und Leistungsgesellschaft.

In uns brannte der sehnliche Wunsch, endlich auch unser erstes
Rockkonzert zu besuchen. Fast immer fanden Rockkonzerte in
großen Städten statt, die nächste große Stadt von uns aus war Stuttgart. Damals war das für uns Jugendliche fast noch eine kleine
Weltreise. Doch ab und an konnte es vorkommen dass in der alten
Ludwigsburger Stadthalle auch Konzerte stattfanden. Da konnten
wir locker in ca. 15 Minuten mit dem Bus hinfahren. In den Magazinen lasen wir gierig und staunend die Konzertberichte verschie-
dener Bands, die auf Tournee waren. Die Freude war überschwäng-
lich, als wir mitbekamen, dass bei der Deutschlandtournee der briti-
sche Spacerockband UFO auch Ludwigsburg auf der Liste stand.
Ihre Live Scheibe von 1971 stand ganz hoch auf unserer Beliebt-
heitsskala.

Die LP begeistert mich heute noch, auch wenn die Band ihren damaligen großen Status in der Zukunft nicht halten konnte. Doch die darauf sich befindende Aufnahme des Songs Prince Kajuku, jagt mir immer noch eine Gänsehaut auf den Leib. Alle sechs kauften Karten für diesen anstehenden Event. Die Mädels wollten nicht mit, anstaltshalber hatten wir sie gefragt. Obwohl ich Sina so oft wie möglich um mich haben wollte, war mir ihre Entscheidung ganz recht. Es gab in der Vergangenheit immer mal wieder Konzerte die aus dem Ruder liefen. Mit der Ungewissheit im Hinterkopf, was an diesem Abend alles auf uns zukommen konnte, war ich sogar erleichtert, dass sie nicht mit wollte. Die Tage vor dem Konzert schienen nicht zu vergehen.

Je näher das Ereignis auf mich zukam, desto nervöser wurde ich. Instinktiv spürte ich, dass dies ein weiterer Meilenstein auf meinem Weg zum totalen Rockmusikfan werden würde. Endlich war es soweit. Es waren Sommerferien, wir hatten den Rücken frei von jeglichen Verpflichtungen. So beschlossen wir, den Hinweg zu Fuß zurückzulegen. Von unserem Ort aus war das in einer Stunde zu schaffen, zurück wollten wir dann mit dem Bus fahren. In bester Stimmung trafen wir uns bei Hector, das Konzert begann um 20.00 Uhr. Um 17.00 Uhr machten wir uns auf den Weg, so hatten wir noch genug Luft, um sicher rechtzeitig da zu sein. Da Huppes eine Flasche Wein mitnahm, bot es sich an, unterwegs einen Stopp einzulegen. Es gab auf der Strecke genug Plätzchen, wo wir dieselbe ungestört leeren konnten. Meine ersten Erfahrungen mit Alkohol empfand ich alles andere als toll. Er machte mich aggressiv, mir wurde schlecht ich bekam Kopfschmerzen. Aber man will ja dazu gehören, ich nahm mir aber vor, nur verhalten davon zu kosten. Obendrein waren wir ja sechs Leute, und eine Flasche Wein! Da konnte eigentlich nicht viel Negatives passieren.

Wir saßen gemütlich unter einem großen Kastanienbaum, und ließen die Flasche unter uns kreisen. Hector zog einen Joint aus der Tasche und zündete ihn genüsslich an. Ich wusste natürlich, was Sache war, obwohl ich noch keine Erfahrung vorweisen konnte. Neugierig genug war ich allemal, doch heute ging mir das irgendwie zu schnell. Ich wollte auf jeden Fall das Konzert ganz erleben, und weil ich nicht wusste, wie ich darauf reagierte, ließ ich es sein. Nur Michi und ich haben dieses Mal abgelehnt, ohne dass die anderen versucht hätten, uns zu überreden. Die schon großartige Stimmung, in der wir uns befanden, hob sich noch einmal an. Die Jungs waren von einem Moment auf den anderen auf einer neuen Ebene. Sie fingen an über ganz profane Dinge zu lachen und steigerten sich mit der Zeit zu einer wahren Lachorgie. Michi schaute mich etwas seltsam an, auf diese Reaktionen waren wir nicht vorbereitet. Aber es war nicht unangenehm für uns, die Jungs waren lustig und alles andere als aggressiv. Nach einiger Zeit lachten wir mit, wenn auch ein wenig verhaltener. Wir wussten nicht so recht, warum sie so kicherten, aber die Art wie sie es taten, animierte uns dazu, mit zu lachen.

In dieser glorreichen Stimmung erreichten wir so gegen 18.30 Uhr die alte Ludwigsburger Stadthalle. Vor der Halle standen schon viele Freaks herum, der Einlass war auf 19.00 Uhr angekündigt. Wir setzten uns solange unter einen der alten Bäume, die dem nostalgischen Gemäuer das passende Flair verliehen. Die Halle war ein Überbleibsel aus der Kaiserzeit, und gehörte zum daneben liegenden Kasernenkomplex. Ludwigburg entstand zu Anfang des 18. Jahrhunderts durch den Bau des gleichnamigen Residenzschlosses. Lange war es eine reine Garnisonsstadt, deshalb wurde ihr auch der Beiname schwäbisches Potsdam verliehen. Heute existieren noch viele, mittlerweile anderweitig genutzte, Kasernengebäude. Nach dem zweiten Weltkrieg wurde diese ehemalige Exerzierhalle zur Stadthalle umgebaut. Vielleicht wirkte sie deshalb etwas schlicht, war aber alles in allem ein ehrfürchtiges Gebäude und passte für meine Begriffe ganz gut für solche Anlässe.

Nachdem sich um 19.00 Uhr an den Eingangstüren noch nichts rührte, breitete sich unter den wartenden ein stetig lauter werdender Unmut aus. Erste einzelne Rufe „Aufmachen" stachelte den Großteil der anderen ebenfalls dazu an, aktiv zu werden. Nach wenigen Sekunden gingen die einzelnen Rufe über in ein kollektives lautes „Aufmachen". Abwartend und entspannt beobachteten wir die Szenerie von unserem auf Sicherheitsabstand bedachten Platz aus. Abrupt öffneten sich die Türen, was sogleich von dem Pulk durch ein zustimmendes Johlen quittiert wurde. Ohne große Eile warteten wir ab, bis sich der erste Ansturm gelegt hatte, und die Situation überschaubar war. In mir drin fühlte ich eine starke Nervosität, einerseits war meine Freude riesengroß. Andererseits überkam mich ein leichtes Unbehagen, nicht wissend, was alles auf mich zu kommen sollte. Ich versuchte, mir nichts anmerken zu lassen, ließ die Jungs vorangehen und schlenderte möglichst cool wirkend hinterher.

Alte Ludwigsburger Stadthalle

Bild „Stadtarchiv Ludwigsburg/Sammlung Otto Schick"

Unter den ganzen Rockmusikfans stachen einem die Ordner sofort ins Auge, sie passten so gar nicht ins Bild. Die doch schon etwas älteren Herrschaften wirkten mit ihren grauen Anzügen als hätte man sie auch aus der Kaiserzeit herübergerettet. Innen war die Wand ringsherum mit ca. zwei Meter hohem dunklen Holz verkleidet, das nur durch die zahlreichen Notausgänge unterbrochen wurde. Der Blick auf die Bühne erinnerte stark an ein Theater der Weimarer Republik. Ich schätzte, dass vielleicht 1000 Leute in der Halle Platz hatten, eher etwas weniger. Sie war in etwa zu zwei Drittel gefüllt. Vorsichtig begann ich das Publikum zu mustern, ich war mit Sicherheit einer der Jüngsten, wenn nicht gar der Jüngste an diesem Abend. Die Mehrzahl hatte vornehmlich lange Haare, und je nach Haar Typ sah man lange glatte Haare, die weit über den Rücken fielen. Oder welche mit ziemlich krausen Locken, deren Haupt eine ballonartige Afrofrisur zierte.

Am besten gefielen mir die, die mit ihrer langen leicht gewellten Lockenpracht aussahen wie ein Rauschgoldengel. Leicht irritiert stellte ich fest, das aber fast keiner anzugstechnisch etwas von einem Hippie hatte. Frauen waren eindeutig unterrepräsentiert. Ich kann mich ehrlich gesagt an keine einzige erinnern.

Verschiedene, meist amerikanische Armeejacken bestimmten das Bild. Mit einem leicht finsteren Blick wirkten einige der Besucher doch etwas bedrohlich auf mich. Bestimmt bestand ein Drittel des Publikums aus amerikanischen Soldaten. Der Zweite Weltkrieg war gerade mal knappe 30 Jahre vorbei. Deutschland war geteilt und wurde unter den Siegern des Krieges in verschiedene Besatzungszonen aufgeteilt. Süddeutschland gehörte zum Glück zur amerikanischen Besatzungszone. In Ludwigsburg und Umgebung waren einige tausend amerikanische Soldaten untergebracht. Die GIs, wie sie überall genannt wurden, befruchteten die Rockmusikszene reichhaltig. Die Tatsache, dass sie hier stationiert waren und immer zahlreiche Rockkonzerte besuchten, lockte viele Bands in diese Gegenden. Es war schon ein skurriles Bild, das ich mir da bot, dort die langhaarigen Deutschen mit amerikanischen Armeejacken.

Auf der anderen Seite die kurzhaarigen GIs, vorwiegend mit Jeans bekleidet. Diese waren schon durch was auch immer in einer ausgelassenen Stimmung. Jetzt in der Halle flößten sie sich Unmengen von Bier in ihren Hals. Schätzungsweise 80 % des an diesem Abend konsumierten Bieres gingen auf Kosten der GIs. Aber es blieb friedlich, das war die Hauptsache.

An die Vorband und ihren Namen entsinne ich mich nur ganz schwach. Die Zahlen 69 waren Teil des Bandnamens, an ihre Musik und alles andere habe ich keine Erinnerung mehr. Schade eigentlich, war es doch die erste Band, die ich live erleben durfte. Aber wir waren ja wegen UFO da. Als endlich das Licht ausging, begann die ganze Meute ein sprachlich übergeordnetes lautes, U, F, O - U, F, O - U, F, O zu grölen. Die Band betrat die Bühne, und die ersten Töne von C´mon Everybody bliesen mir aus den bis fast an die Decke reichenden Marshall Lautsprecher direkt ins Gesicht. Ganz allein mit meinen Gedanken starrte ich total gebannt auf die Bühne. Wie weit hatte ich es gebracht, hier zu stehen war bis vor einigen Monaten ein noch unerreichtes Ziel. Eine große innere Genugtuung durchströmte meinen Körper. Der Weg war steinig, doch es hat sich gelohnt, ihn beharrlich und zielgerichtet zu gehen.

Das Programm bestand zu meiner Erleichterung aus der kompletten Live LP. Zu diesem Zeitpunkt ein ständiger Gast auf meinem Plattenteller. Ich hatte die Scheibe komplett im Kopf, aber die 70er waren auch die Dekade der Improvisation. Live wurden die Songs immer etwas anders gespielt. Die Musiker hatten den Freiraum, ihre eigene persönliche Note, ihr augenblickliches Feeling hinein zu interpretieren. Das war eine spannende Sache, und vom Publikum durchaus gewollt. Ausgefeilte lange Solis der einzelnen Musiker wurden mit großem Beifall quittiert. So konnte es vorkommen, dass die Live Version eines Songs um ein vielfaches länger war als die Studiofassung. Um mich herum war der Teufel los, das Publikum groovte enthusiastisch zu dem harten Spacerock den die Band gnadenlos zelebrierte.

Die Haare bald nass geschwitzt, klebten im Gesicht der Freaks. Die bierseeligen GIs hüpften auf der Stelle und schubsten sich gegenseitig durch die Gegend. Eine Woge ging durch den Rest der Zuschauer, und man fand sich auf einmal an einem anderen Platz wieder. Ich war in einer Art von Schock starre, komplett fixiert auf das Geschehen, das auf der Bühne ablief. Alles wollte ich konzentriert mitbekommen, jede Bewegung aufsaugen, jeden Ton in meinem Hirn abspeichern. Die Musik so wahrzunehmen, streichelte meine Seele auf eine außergewöhnliche Art und Weise. Meine Gedanken erzeugten bunte Bildsequenzen in meinem Kopf, mental war ich auf dem Weg ins *Nirwana. Diese Freiheit, dieses Gefühl inmitten von tanzenden Freaks und ausgeflippten GIs, verschaffte mir eine wohltuende innere Befriedigung. Das war meine Welt, hier fühlte ich mich wohl und aufgehoben.

Auf einmal wurde ich schlagartig aus meiner Traumwelt gerissen. Ralfi zog mich am Ärmel und zeigte aufgeregt zur Bühne. Das stampfen und hüpfen der GIs nahm bedrohliche Dimensionen an. Der hölzerne Hallenboden begann auf einmal zu schwingen, was sich unmittelbar auf die Bühne übertrug. Die hohen Lautsprechertürme kamen leicht ins Wanken, was sofort sämtliche Roadies auf die Bühne stürmen ließ um selbige zu stabilisieren. Zum Glück konnten die Musiker und Roadies die ganze Situation ein wenig beruhigen, so dass nichts Schlimmeres passierte. Die Ordner waren hierbei total überfordert, aber was sollten sie auch tun. Ich glaube nicht, dass die ausgelassenen GIs auch nur ansatzweise auf sie gehört hätten. Als eines der letzten Lieder spielte die Band noch Silverbird, zusammen mit Prince Kajuku, meinen Lieblingssong der Band. Leider fehlt er auf der Live Platte, und die Tatsache ihn jetzt live zu hören spornte mich mit voller Begeisterung ebenfalls zu Freudensprüngen an. Ohne große Probleme oder Schäden ging das Konzert zu Ende.

*In der Vorstellungswelt des Buddhismus der ideale Zustand nach dem Tod

Selten war ich so still auf dem Heimweg, ich versuchte das ganze Konzert in Gedanken noch mal abzuspielen. Die alte Stadthalle war in den nächsten Monaten und Jahren mehrfach meine Anlaufstation. Viele tolle Konzerte konnte ich dort noch erleben. CHICKEN SHACK, GOLDEN EARRING, URIAH HEEP, EDGAR BROUGHTEN BAND und NEKTAR waren die Bands, die nach UFO den nachhaltigsten Eindruck auf mich hinterließen. 1984 wurde die Halle abgerissen und durch einen modernen Neubau ersetzt. Rockkonzerte finden dort nur noch selten statt und wenn sind es keine ungezügelte, laute Rockbands, sondern eher gemäßigte Sachen oder ganz andere Musik, die mit Rock nichts gemein hat. Jedes Mal, wenn ich an dem Platz vorbeifahre, an dem alte Halle stand, überkommen mich schöne Erinnerungen aber auch ein Hauch von Wehmut.

Die nächsten Tage standen noch ganz unter dem Eindruck meines ersten Rockkonzerts. Sogar Sina bemerkte meine mentale Abwesenheit. Ein Zustand, der sonst, wenn wir zusammen waren, so gut wie nie vorkam. Hector ließ mir mitteilen, dass es Neuigkeiten gäbe und ich solle mich mal melden. In unserer Sechser Clique entwickelte sich vor allem nach dem gemeinsamen Konzertbesuch eine gegenseitige enge und feste Freundschaft. Zu Hector hatte ich ungeachtet dessen das engste Verhältnis. Zu ihm fühlte ich mich hingezogen, oft saßen wir nur zu zweit beieinander. Wir konnten stundenlang über Musik, Bands und Gitarristen fachsimpeln. Er tendierte langsam weg von den traditionellen Rockgitarristen, hin zu Jazz. Sein damaliges Vorbild war der Jazzgitarrist VOLKER KRIEGEL, der zu der Zeit bei KLAUS DOLDINGERS PASSPORT spielte. Hector wirkte meist sehr verschlossen und lachte selten. Als er mir aber von VOLKER KRIEGEL erzählte, hatte er leuchtende Augen, in seinem sonst so nachdenkliches Gesicht war auf einmal ein ungewöhnliches Strahlen zu erkennen.

Ich konnte damit wenig anfangen, die Musik war mir zu schwierig sie fand nur schwer Zugang zu meiner Gefühlsebene. Hector hatte es jetzt endlich geschafft und mit drei anderen Musikern eine Band gegründet. Ich sah ihm die Freude an, als er mir es erzählte, die Band nannten sie AQUILA. Puh, damit konnte ich auch recht wenig anfangen, ich war auf die Englisch klingenden Bandnamen fixiert. Als Aquila bezeichnet man eine Gattung der Greifvögel und steht für echte Adler. Mit diesem Hintergrundwissen fand ich ihn dann wiederum ganz Ok. Proben durften sie in einem zum Partykeller umgebauten alten Gewölbekeller. Die anderen drei Musiker waren alle drei bis vier Jahre älter als Hector. Die Gründung ihrer neuen Band wollten sie mit einer großen Party in dem Gewölbekeller feiern. Zu meiner Freude hat er Ralfi, Bibi, Huppes, Michi und mich eingeladen. Die Aussicht auf ein neues tolles Event hinterließ sofort wieder eine Unruhe in meinem Körper. Vorsichtig fragte ich „Ich darf doch Sina mitbringen, Michi und Ralfi wollen bestimmt ebenfalls ihre Freundinnen mitbringen" Er lächelte ein wenig gequält, als Gitarrist hatte er Mädchen genug im Schlepptau, aber zu einer feste Beziehung reichte es nicht. Seine Liebe war die Musik, unsere große Affinität zu unseren Mädels hat er nie kapiert. „Ja, Cat Ihr könnt Eure Mädels mitbringen, sag den anderen ebenfalls Bescheid. Aber bedenke, ihr seid absolut die Jüngsten. Alle anderen sind wesentlich älter, es wird mit Sicherheit eine andere Party als die, die ihr bisher erlebt habt".

Zwei Wochen später an einem Samstag war es soweit. Am Mittag mussten Michi und ich noch ein wichtiges Spiel mit unserer Fußballmannschaft absolvieren. Selten habe ich einen Schlusspfiff so herbeigesehnt. Zum Glück hatten wir ein Heimspiel, so dass das Zeitfenster überschaubar war. Hektisch brachten wir das Duschen hinter uns, in Rekordzeit waren wir umgezogen und aus der Kabine verschwunden. Wir trafen uns mit den Mädels auf einem kleinen, etwas abgelegenen Spielplatz. Beide hatten sich toll herausgeputzt. Silke hatte eine ganz enge Jeans an, in die verschieden farbige Stoffe und bunte Perlen eingenäht waren.

Dazu ein weißes eng anliegendes T-Shirt und halbhohe Stiefel. Ihre langen blonden Haare flatterten wild im Wind, ihr Anblick spiegelte eindrucksvoll die ungezähmte Freiheit wieder, die jeden Tag aufs Neue mit uns flirtete. Sina, was soll ich sagen, sah einfach perfekt aus. Sie hatte ebenfalls Jeans an, nicht ganz so enge wie Silke, aber eng genug, um meine Fantasie in Wallung zu bringen. Das Oberteil war eine indisch aussehende Bluse, die an den Ärmeln weit geschnitten war. Dazu trug sie um die Haare ein fein geflochtenes ledernes Band und ziemlich hippieartige flache Ledersandaletten. Zusätzlich hatten sie sich beide mehrere metallische dünne Armreifen zugelegt, die bei jeder Bewegung ein wenig klirrten. Oh Mann wie haben sich unsere Mädels verändert seit der ersten Party. Sie hatten sich extra neue Klamotten gekauft und uns nichts davon verraten. Ich war in hohem Maße beeindruckt, Sina sah einfach umwerfend aus. Für kurze Zeit war ich sprachlos, nahm sie fest in den Arm und flüsterte ihr mit aller Hingabe ein zärtliches „Du bist wunderschön" ins Ohr. Meine Kleiderordnung war eher genügsam und bestand fast immer aus zerschlissenen Jeans und einem verwaschenen T-Shirt. Die anderen Jungs sahen bis auf kleine Ausnahmen ähnlich aus. Mit breiter Brust und Stolz mit so einem tollen Mädchen zusammen zu sein, machte ich mich mit anderen gegen 18.00 Uhr auf den Weg.

Der Keller befand in einer ehemaligen alten Gaststätte. Aus einiger Entfernung drangen schon diverse Musikfetzen in unsere Ohren. Der Zugang war von außen über eine nach unten führende Treppe zu erreichen. Langsam und etwas vorsichtig stiegen wir die Treppe hinab und standen vor einer schweren Stahltür. Als ich sie öffnete, drang sofort ein leicht süßlicher Geruch in meine feine Nase. Seit unserem ersten gemeinsamen Konzertbesuch war mir dieser markante Geruch wohl bekannt. Schwere Rauchschwaden hingen über den Köpfen der Leute, aus den Lautsprechern dröhnte in einer ordentlichen Lautstärke I´m Going Home von
TEN YEARS AFTER.

Das zu hören, war beruhigend für mich, meine Befürchtung den ganzen Abend Jazz Rock hören zu müssen, bewahrheitete sich nicht. Der Keller war größer, als ich dachte, an einer Längsseite befand sich eine Bar, hinter der die Musikanlage stand. Ringsherum waren kleine niedere Tische und die dazu passenden Stühle platziert. Am Ende war an der Stirnseite eine kleine Bühne integriert. Wie Hector es angedeutet hatte, waren nahezu alle Anwesenden drei, vier, oder fünf Jahre älter wie wir. Vom Sehen her kannte ich die meisten, doch in diesem Alter ist jemand, der vier oder mehr Jahre älter ist, ganz weit weg. Gesprochen hatte ich bis dahin noch mit niemand von den Leuten. Die Typen erinnerten mich gleich an die Besucher des UFO Konzerts. Die Frauen allerdings sahen fast alle aus wie eine Mischung aus JANIS JOPLIN und *ELKIE BROOKS. Diese Einschätzung war absolut positiv gemeint. Zwischendrin waren einzelne, die anzugstechnisch meiner Vorstellung über das Aussehen eines Hippies, ziemlich nahe kamen. Die vielen Eindrücke konnten wir gar nicht alle auf einmal verarbeiten.

Plötzlich durchdrang ein lauter etwas schräger Schrei die Musik „Cat, Michi" Bibi und Huppes saßen am Tisch zusammen mit Ralfi und winkten uns mit glasigen Augen zu sich. Ralfi war so sehr mit seiner Freundin beschäftigt, dass er uns nicht bemerkte. Sina dagegen schaute mich seltsam an. Um der Situation gleich die Schärfe zu nehmen, sagte ich umgehend zu ihr „Keine Angst mein Liebling, ich bin immer da und passe auf dich auf". Diese Aussage machte, glaube ich, keinen großen Eindruck auf sie, stirnrunzelnd und mit Unverständnis in den Augen schaute sie mich noch seltsamer an. Für den Moment war die Lage unüberschaubar. Die leichte Unsicherheit, die ich gleich zu spüren bekam, versuchte ich durch einen möglichst lässigen Eindruck zu kaschieren. Sina konnte ich aber damit nicht blenden, dafür kannte sie mich zu gut.

*Sängerin der Band Vinegar Joe

74

Die Jungs waren in bester Stimmung, und um möglichst wenig auf-zufallen, setzten wir uns schnell zu ihnen an den Tisch. Von den älteren nahm auch niemand sonderlich Notiz von uns. Nur Hector, der zwischen seinen Bandkollegen saß, winkte mir kurz zu. Ralfi schaffte es tatsächlich für kurze Zeit, die Finger von seiner Freun-din zu nehmen, und beide begrüßten uns herzlich.

Urplötzlich stand eine der Frauen mit zwei Gläser Sekt an unserem Tisch. „Hallo, bei uns bekommt jeder weibliche Gast zuerst einmal ein Glas Sekt" Mit einem Lächeln im Gesicht überreichte sie die Gläser Sina und Silke. Die Mädels ließen sich nicht zweimal bitten, für Sekt waren sie durchaus schon zu haben. Es war die Verlobte des Schlagzeugers, sie war für die Organisation zuständig. „Hört mir bitte kurz zu, ich will euch nicht zu quatschen, und ihr könnt machen was ihr wollt. Es ist alles kostenlos, wenn ihr was trinken wollt, holt es euch selber hinter der Bar. Aber seid vorsichtig mit dem Alkohol, es gibt auch Whiskey und Wodka. Schüttet euch nicht maßlos zu, das geht ganz schnell bei den harten Sachen, später gibt es noch Pizza" Sina und Silke waren sichtlich beeindruckt von die-sem Auftritt. Selbstbewusst und schmunzelnd antworteten sie „Al-les klar, mach dir keine Sorgen wir sind ja dabei" Sie lachte lauthals und sagte noch beim Weggehen „Gut Mädels, ich sehe schon, ihr habt alles im Griff"

Um uns herum hatten einige dem Gespräch zugehört, was schlagar-tig zu einer kleinen Lachorgie führte, in die unsere Mädels sofort mit einstiegen. Wir Jungs saßen ein wenig belämmert daneben und versuchten krampfhaft, es auch witzig zu finden. Vor fünf Minuten sagte ich noch zu Sina, ich passe auf sie auf, und jetzt hatten sie einfach die Sachlage umgedreht. Mein Unbehagen darüber, wenn ich ausgelacht wurde, machte sich wieder deutlich bemerkbar. Sina durfte das, aber die andern! Doch ich wollte mir den Abend nicht vermiesen lassen und hakte die Sache schnell ab.

Die Musik hatte mir dabei sehr geholfen, die ganze Palette des Rockspektrums war an diesem Abend zu hören. Meine Favoriten wurden zu meiner Freude auch gespielt, War Pigs - BLACK SAB-BATH, oder April von DEEP PURPLE, und das großartige No Quarter von LED ZEPPELIN. Der Großteil der Musik war allerdings dem Prog Rock zuzuordnen, fabelhafte Sachen von YES, KING CRIMSON, GENTLE GIANT oder GENESIS, um nur einige zu nennen. Die Leute tanzten alleine und bewegten sich katzenartig zur dieser außergewöhnlichen Musik.

Durch die Vielseitigkeit und ständigen Rhythmuswechsel steigerten sich einige in eine wahre Ekstase. Die Frauen hatten es einfach drauf ich war von ihrer Darbietung total beeindruckt. Das blieb natürlich nicht unbemerkt, Sinas Augen waren wieder dabei, sich zu verengen. Was das hieß, wusste ich nur zu gut, kommentarlos zog ich sie zu mir auf den Schoß umfasste sie mit beiden Armen und drückte sie fest an mich. Mir war klar, diese Art von Rockmusik wird keine Begeisterung bei ihr auslösen. Für sie war LED ZEP-PELIN schon grenzwertig, zumindest die härteren Sachen. Aber die Art, wie dazu getanzt wurde, beeindruckte sie jedoch sehr, das sah man ihr an.

Im Laufe des Abends landete einer, der in schöner Regelmäßigkeit kreisenden Joints, an unserem Tisch. Alle auch Ralfis Freundin nahm mehrere tiefe Züge. Meine Neugier war diesmal stärker als meine Vorbehalte, als die Reihe an mir war, inhalierte ich vorsichtig. Zigaretten hatte ich schon öfters probiert, aber keinen Gefallen daran gefunden. Ich war den Rauch nicht gewohnt und testete deshalb erst mal, wie mein Hals damit zurechtkam. Den Geschmack empfand nicht als unangenehm, aber ich musste mich sehr zusammenreißen um nicht zu husten. Sina schaute mich erst verwundert an, dann aber ohne einen Kommentar, nahm sie den jetzt rotglühenden Stummel und zog mehrmals daran. Silke und sie rauchten, wenn auch heimlich schon die eine oder andere Zigarette. Wahrscheinlich der Grund, warum sie dem Anschein nach den Rauch besser vertragen konnten.

Wir ließen an diesem Abend keinen weiteren Joint mehr aus, alle am Tisch beteiligten sich daran. Das Gefühl für Raum und Zeit war auf einmal verschwunden, am Tisch herrschte eine beschwingte, ausgelassene Stimmung. Jeder der was zu erzählen hatte, tat dies wild gestikulierend. Lautes Geschnatter erinnerte an einen aufgescheuchten Hühnerhaufen und nahm bedenkliche Züge an. Die facettenreiche Musik tat ihr übriges dazu und projizierte eine Art von bunten Elasten in mein Bewusstsein. An diesem Abend hörte ich zum ersten Mal FRANK ZAPPA.

Die ersten Töne rissen mich mental heraus aus dem kichernden Pulk und verlangten ein konzentriertes Zuhören. Wer dachte, es gäbe keine Steigerung mehr, wurde von FRANK ZAPPA eines besseren belehrt. Jede Zeit produziert ihre eigene Kunst, die Innovation dieser Epoche glich einer exotischen Einzigartigkeit. Beim Gitarrensolo von Willie the Pimp, damals einer der bekanntesten Songs dieses Saitenvirtuosen zog es mich unwillkürlich auf die Tanzfläche. Sonst eher mit Hemmungen behaftet, was das Tanzen betraf, gab es jetzt kein Halten mehr für mich. Die Gitarre jagte die außergewöhnlichsten Töne in mein Ohr, ich versuchte selbige, gleich in Bewegungen zu verarbeiten. Wie es optisch aussah, war mir an dem Abend egal. Sina sagte lächelnd zu mir „Diese Seite kenne ich ja noch gar nicht von dir, eigentlich dachte ich, deine Beine wären nur zum Fußball zu gebrauchen"

Der Abend hatte seine Spuren hinterlassen. Um uns herum waren immer mehr Paare zu beobachten, die ganz ohne Scheu, heftig an sich rumfummelten. Manche verzogen sich auch für eine halbe Stunde, um dann mit einem glücklichen Gesichtsausdruck zurückzukommen. Sina und Silke tuschelten die ganze Zeit und versuchten dabei mit der Hand, ihr Lachen zu verbergen. Als ich wissen wollte, was los sei, schauten mich beide vollkommen verständnislos an. Dann bekam ich es wieder von Silke knüppeldick um die Ohren gehauen „Du kapierst mal wieder gar nichts, was glaubst denn, wo die waren, und warum sie so strahlend wieder zurückkommen"

Sina verfiel sofort in ein brustendes Lachen, ohne sich dabei die Hand vor den Mund zu halten. Selber schuld, warum habe ich auch so blöd gefragt. Oha dachte ich dann spontan, das ist interessant, die Mädels machten sich Gedanken über gewisse Dinge, die mich auch sehr beschäftigten. Aber der in jeder Hinsicht tolle Abend ging für uns so langsam in die letzte Runde. Irgendeine der Frauen kündigte mit ungewöhnlich blumigen Worten die damals brandneue Single der ROLLING STONES, Angie an. Natürlich kannte ich die ROLLING STONES, aber irgendwie fand ich bisher keinen Zugang zu der Band. Auch bei einigen der älteren schienen sie keinen guten Ruf zu haben, einzelne maulten herum „Die Stones kannst doch vergessen". Trotzdem fand das Lied den Weg auf den Plattenteller. Nach den ersten Klängen der Akustikgitarre war mir klar in welche Richtung der Song ging Mick Jagger interpretierte ihn auf eine Art und Weise, die mich total in den Bann nahm. Bisher saß Sina neben mir oder auf meinem Schoß, zum Tanzen hatte sie sich nicht überwinden können. Sie beobachtete die tanzenden, und ich meinte, Wehmut bei ihr zu erkennen.

Keine halbe Minute, nachdem Angie begonnen hatte, nahm ich ihre Hand und zog sie ganz vorsichtig auf die Tanzfläche. Sehnsüchtige Augen und ein aufatmender Gesichtsausdruck ließen mich augenblicklich spüren, dass sie darauf gewartet hatte. Die Musik passte jetzt optimal. Engumschlungen bewegten wir uns rhythmisch und subtil zu diesem wunderschönen Lied. Ich verstand kein Wort, aber wie der gute Mick hingebungsvoll und mit totaler Leidenschaft seine Angie besang, machte mich völlig kirre. Die Zärtlichkeit wie wir uns berührten, streichelten und küssten, war Ausdruck einer großen Liebe. Es hatte nichts mehr von dem Stehblues gemein, bei dem wir uns zum ersten Mal küssten. Es war großartig und wird mir ewig in Erinnerung bleiben. Aber jetzt das war geballte Erotik, wir klebten regelrecht ineinander. Sinas Hände krallten sich heißblütig in mein T-Shirt. Sie schob es hoch, bearbeitete mit den Fingernägeln meine Haut und stimulierte anschließend meine Brustwarzen.

So hatte ich sie noch nie erlebt und instinktiv wurde mir bewusst, dass wir bald die nächsten Sprossen der langen Liebesleiter zusammen erklimmen werden. Als das Lied zu Ende, war klatschte der ganze Keller. „Schaut euch die Jungspunte an, da könnt ihr echt noch was lernen" Die Aussage kam von der Verlobten des Schlagzeugers und war an ihre Altersgenossen gerichtet. Jetzt, wo uns der Boden der Realität wieder Halt unter den Füßen gab, wurden wir ein bisschen verlegen. Angie war seit diesem emotionalen Erlebnis für alle Ewigkeit unser gemeinsames Lied. Die Stones wurden im Laufe der Jahre eine meiner Lieblingsbands. Gut, sie erreichten nie ganz den Status der Zeppeline, kamen aber unmittelbar danach.

Es wurde Zeit für uns, die Mädels sollten spätestens um 24.00 Uhr Zuhause sein. Gerne wäre ich noch geblieben, aber es war klar, dass ich Sina nach Hause bringen würde. Ich hatte obendrein am Sonntagmorgen mit der A-Jugend ein ganz wichtiges Spiel um die Meisterschaft. Zusammen mit Michi und Silke machten wir uns auf den Heimweg. Wir neckten uns gegenseitig und redeten einen Blödsinn zusammen. Die ganze Strecke war begleitet von kollektiven Lachsalven, selbst Michi, der ruhigste von uns allen, kriegte sich gar nicht mehr unter Kontrolle. Er bekam regelrechte Lachkrämpfe und wir mussten uns zur Räson zwingen, damit er sich wieder beruhigte. Unwillkürlich fiel mir der Tag meines ersten Konzertes ein, jetzt konnte ich das Verhalten der Jungs von damals vollkommen einordnen.

Wir umarmten uns ganz fest zum Abschied „Es war ein wunderschöner Abend, ich habe dich sehr, sehr lieb" flüsterte mir Sina ins Ohr. „Am Montag beginnt die letzte Ferienwoche, die möchte ich ganz intensiv mit dir verbringen. Nimm dir also bitte nichts vor" Ihr Augen verrieten mir, dass ich sie nicht enttäuschen sollte. Ich dachte nicht im Entferntesten daran, sie zu enttäuschen. Stolzierend wie ein Pfau ging ich nach Hause, zum Glück begegnete ich dabei niemand. Mit so einem Erlebnis ins Bett zugehen war ein sensationelles Gefühl. Recht schnell und zufrieden schlief ich ein und hatte einen sehr tiefen Schlaf in dieser Nacht.

Meine Mutter weckte mich um 8.00 Uhr, spätestens um 9.00 Uhr musste ich am Treffpunkt sein, das anstehende wichtige Spiel war auswärts. Vorsichtig öffnete ich meine Augen und überprüfte erst mal meinen körperlichen Zustand. Gestern hatte ich zum ersten Mal etwas anderes Berauschendes als Alkohol konsumiert, und das nicht zu knapp. Zu meiner völligen Verblüffung war ich topfit und hatte keinerlei körperliche Beschwerden. Da hatte ich mit Alkohol ganz andere Erfahrungen gemacht. Das irritierte mich, warum war es verboten, warum wurden Menschen dafür kriminalisiert. Noch dazu von einer Gesellschaft, die für sich in Anspruch nimmt, in schöner Regelmäßigkeit Alkohol zu trinken. Ich konnte das nicht nachvollziehen, und es wurde mir deutlich bewusst, dass ein noch gehöriger Teil von Heuchelei und Doppelmoral vorhanden war, und wohl auch nie ganz verschwinden würde. Aber ich konnte vieles von dem was ich so erlebte, nicht nachvollziehen. So zwang ich mich, mich voll und ganz auf das Spiel zu konzentrieren.

Der vergangene Abend pumpte eine große Menge Adrenalin in meinen Körper. Jetzt auf dem Platz kam mir das zugute, ich spielte das Spiel meines Lebens. Mit einem Sieg war uns die Meisterschaft nicht mehr zu nehmen. Ich schien die Bälle magisch anzuziehen und konnte mit klasse Paraden glänzen. Bis kurz vor Schluss führten wir mit 1:0, dann gab es einen Elfmeter für den Gegner. Heute war nichts unmöglich, und ich parierte den stramm und platziert geschossenen Elfmeter auf eine spektakuläre Art und Weise. Wir gewannen das Spiel mit 1:0, die A-Jugend wurde Meister, und ich war sowas wie ein kleiner Held im Verein.

Die letzte Ferienwoche startete mit einem schönen wolkenfreien Sonnentag. Der Wettergott sollte uns auch in den folgenden Tagen begleiten. Die ganze Woche über strahlte die Sonne. Ich bildete mir ein, dass sie sich extra für uns von ihrer besten Seite zeigte und nicht zuließ, dass nur eine Wolke die Tage trüben durfte. Sina meinte, ich solle heute alleine zum Treffpunkt kommen, sie würde auch alleine kommen. Was konnte das bedeuten, allerlei Gedanken schossen kreuz und quer durch meinen Kopf.

Nervös wie immer, wenn mich etwas Ungewisses erwartete, machte ich mich auf den Weg. Sina wartete schon auf mich, und empfing mich mit einem herzlichen Lächeln. Meine innere Anspannung ließ merklich nach, als wir uns ganz fest in den Arm nahmen. „Lass uns ein bisschen laufen, es ist so ein schöner Tag" „Klar gerne" Mir war alles recht, Hauptsache wir waren zusammen. Unser Weg führte durch die Streuobstwiesen, direkt zu den Weinbergen. Diesen Weg kannte ich in und auswendig, doch noch nie ist mir die malerische Schönheit unserer Region so aufgefallen. Hand in Hand schlenderten wir verträumt durch die Weinberge und unterhielten uns angeregt über die Party vom Samstag. Immer den Blick auf den Neckar gerichtet, der sich an dieser Stelle kurvenreich durch das Tal schlängelt. Sina war sehr angetan von dem selbstbewussten Auftreten der Frauen und ihrer ungezügelten Darbietungen auf der Tanzfläche. Ich war vor allem angetan von Sinas selbstbewusstem Auftreten an diesem Abend und von der Musik. Doch das behielt ich erst mal für mich, hörte ihr geduldig zu und träumte weiter vor mich hin.

Plötzlich blieb sie stehen und schaute mir tief in die Augen. Ihre Stimme war leiser als sonst und sehr behutsam. „Cat höre mir bitte mal genau zu, ich mache mir ein wenig Sorgen. Du weißt unser letztes Schuljahr beginnt, und das Abschlusszeugnis ist sehr wichtig. Du hast in Mathe ne fünf, das ist nicht gut, wie willst du da eine vernünftige Lehrstelle finden". Jählings war mein Tagtraum zu Ende, diese Sätze hatte ich von meinen Eltern fast identisch schon mehrfach gehört An meinem desillusioniertem Blick erkannte sie sofort, was in mir vorging. Die Behutsamkeit in ihrer Stimme war umgehend verschwunden. Ihre Augen verengten sich wie immer, wenn sie sich ärgerte. „Ich weiß, es ist dir alles wichtiger als die Schule, du bist nicht blöd im Gegenteil, ein Minimum an Aufwand würde reichen, um einiges zu verbessern". In alt bekannter Manier war ich wieder am Herum eiern. „So würde ich das nicht sagen, nicht alles ist mir wichtiger nur, vielleicht zwei oder drei Dinge". Sofort fuhr sie mir wieder in die Parade.

„Ja Musik und Fußball". „Vor allem du", rutsche es mir unvermittelt raus. „Hör auf und bleib sachlich, ich mache dir jetzt ein Angebot, nimm es an oder lass es sein. Ich pauke mit dir Mathe, ich bin mir sicher, wenn du es annimmst, kannst du am Ende des Schuljahres eine drei erreichen. Du bedeutest mir sehr viel, das weißt du. Ich möchte, dass du einigermaßen gute Startbedingungen hast nach der Schule" Sina war eine sehr gute Schülerin, in Mathe hatte es fast zu einer eins gereicht. Gemeinsam mit Sina lernen, würde bestimmt in jeder Hinsicht interessant werden. Dieser Gedanke verleitete mich natürlich unbewusst zu einem leichten Grinsen. „Ah ja gut machen wir, gute Idee, warum nicht", haspelte ich vor mich hin. Übergangslos verwandelte sich ihr ernstes Gesicht zu einem erfreulicherem mit spitzbübischem Lächeln. „Nein mein Lieber, ich sehe dir genau an, was du denkst, wir lernen bei mir, sonst wird das nichts". „Ok, kein Problem, wann fangen wir an" Was sollte ich auch sonst sagen, aus der Nummer kam ich nicht mehr raus. Ihre Antwort „Ich denke, wir beginnen am besten nach den Ferien, aber dann konzentriert", erleichterte mich sehr. Ich sah mich schon die letzten Ferientage Mathe büffeln ein furchtbarer Gedanke. „Ich kläre alles mit meinen Eltern, bisher hast du sie ja noch nicht richtig kennengelernt, wirst sehen, sie sind ganz ok". Ich hatte seither ein Zusammentreffen mit ihren Eltern möglichst vermieden. Ihren Vater kannte ich etwas besser, er war auch fußballbegeistert, ab und zu kam es auf dem Sportplatz zu einem Small Talk mit ihm. Ihre Mutter schaute dagegen immer sehr streng, wenn ich Sina abholte oder heimbrachte. Das verunsicherte mich, außer einem Hallo, Grüß Gott oder Tschüss hatte ich kein weiteres Wort mit ihr gewechselt.

Der weitere Mittag verlief sehr harmonisch. Wir legten uns ins hohe Gras mit Blick auf den Neckar. Auf dem Wasser spiegelte sich idyllisch die Sonne, Sina hatte sehr gute Laune. Mein Eindruck war, dass meine Entscheidung, ihr Angebot anzunehmen, viel dazu beigetragen hatte. Sie erzählte mir von ihren beruflichen Plänen, und ich hörte ihr aufmerksam zu. Entgegen meiner sonstigen Angewohnheit hielt ich fast die ganze Zeit über die Klappe.

Ihr großer Wunsch, war Stewardess zu werden, durch die Welt fliegen und andere Länder sehen. Die Vorfreude, dieses Ziel in den nächsten Jahren verwirklichen zu können, war ihr im Gesicht deutlich anzusehen. Mittlerweile kannte ich sie so gut, und es war mir klar, was sie sich einmal in den Kopf gesetzt hatte, das verfolgte sie beharrlich und ohne Umwege. Währenddessen streichelte ich liebevoll ihren Bauch, und wie zufällig verfing ich mich dabei immer wieder in ihrem Bauchnabel. Ohne Pausen erzählte sie weiter, aber es war fühlbar wie sehr sie es genoss. Zeitgleich formten sich in meinem Kopf Gedankengänge, die mir jäh einiges an Bauchgrimmen bereiteten. Stewardess, andere Länder und wo war ich?

Ich hatte mir in keinster Weise auch nur irgendeinen Gedanken darüber gemacht, wie es nach der Schule weitergehen sollte. Schleunigst verdrängte ich diese Gedanken aus meinem Hirn, Ich merkte, sofort wie sich da ganz schnell ein richtig mieses Gefühl bei mir einstellte. Damit wollte ich mich jetzt nicht auseinandersetzen, und konzentrierte mich lieber wieder auf ihren Bauchnabel. Ständig hatte ich das Bedürfnis, sie zu streicheln, es wurde eine regelrechte Passion daraus. Es sollte ihr immer gut gehen, sie sollte immer sorgenfrei sein. Und wenn es sie glücklich macht, wenn ich mich für bessere Noten anstrengte, dann tat ich das. Sicher, für viele klingt das völlig überzogen, und womöglich haben sie mit dieser Einschätzung auch recht. Aber ich bin nun mal so und verdammt nochmal, ich will auch so bleiben. Niemand außer Sina hätte mich zum Lernen animieren können. Nach gut zwei Stunden machten wir uns auf den Heimweg. Sina sah so glücklich aus, ich war es eigentlich auch, aber der Mittag hat meinen Kopf mal wieder total durcheinander gebracht. Wahrscheinlich, nein bestimmt sogar wollte sie erreichen, dass ich mir Gedanken mache. Natürlich wusste ich, dass sie mit allem recht hatte, nur irgendwas in mir wollte es überhaupt nicht akzeptieren.

Traditionsgemäß trafen sich der größte Teil der Schüler in der letzten Ferienwoche am *Insele unten am Neckar. Vom Ort aus in 15 Minuten zu erreichen, lag der Treffpunkt direkt am Neckarufer. Man musste durch ein kleines dichtes Wäldchen gehen und kam zu einer flachen Uferstelle. Dort waren große Steine vom Ufer weg ins Wasser aufgeschichtet, so dass man drei bis fünf Meter reinlaufen konnte. Hier traf man im Sommer fast jeden Jugendlichen vom Ort, abends hielten sich die Älteren ebenso gern dort auf. Es teilte sich alles cliquengerecht in kleine Grüppchen auf, die sich überall verteilten. Stress gab es eigentlich keinen, man akzeptierte sich gegenseitig, auch wenn gegensätzliche Interessen bestanden. Es sei denn ein paar Jungs vom Ort auf der anderen Seite des Neckars kamen herüber, um in unserem Revier zu wildern. Im Grunde tolerierten wir sie, wenn sie die Finger von unseren Mädels ließen.

Die letzten drei Tage Ferien waren angebrochen. Sina und Silke nutzten die Tage für gemeinsame Unternehmungen. Etwas später wollten wir uns dann direkt am Insele treffen. Vorher hatte ich mich mit Hector in Ludwigsburg verabredet, ich wollte mir unbedingt eine FRANK ZAPPA LP zulegen. Da mir dieser großartige Künstler bis dahin noch weitgehend unbekannt war, war ich froh dass Hector Zeit hatte und mir beratend zur Seite stand. Wir trafen uns beim Musik Hampl, die Plattenabteilung war bestens sortiert, ich war mir sicher, dort eine große Auswahl von Zappa Platten vorzufinden. Von der Bushaltestelle aus waren es keine fünf Minuten bis zum besagten Musikgeschäft. Hector hatte sich von einem seiner Bandkollegen das Mofa ausgeliehen, und wartete schon vor dem Eingang. Wie erhofft, gab es eine Vielzahl von Zappa Platten, auch die brandneue LP Over-Nite Sensation stand schon im Regal. Die Scheibe war so aktuell, nicht einmal Hector hatte bisher die Möglichkeit gehabt, sie sich anzuhören.

* schwäbischer Ausdruck für eine kleine Insel

Das Cover war grandios, alleine schon das war ein Grund, die Scheibe zu kaufen. Aber natürlich wollte ich trotzdem rein hören, ich gab der älteren Mitarbeiterin die LP mit der Bitte um eine Hörprobe. Sie war bestimmt schon um die 60 Jahre, stirnrunzelnd musterte sie zuerst das Cover, dann mich und Hector.

Abwechselnd fiel ihr Blick zwischen dem Plattencover und uns mehrfach hin und her, dann sagte sie mit besorgter Stimme „Was ist denn das für eine Platte, darf ich die euch überhaupt schon verkaufen" Im ersten Moment war ich sprachlos, aber Hector hat mit ruhiger, aber bestimmter Stimme die Situation geklärt. „Liebe Frau, das ist eine Schallplatte keine Filmplatte, da gibt es keine Altersbeschränkung". Irgendwie muss sie das in den falschen Hals bekommen haben, sie bekam einen feuerroten Kopf und brummelte in breitem schwäbisch „*Du ohverschämter Rotzleffel" vor sich hin, legte die Platte auf und strafte uns ab sofort mit Missachtung. Hector grinste sich eins, es machte ihm richtig Spaß die älteren Semester auf den Arm zu nehmen.

Der erste Song Camarillo Brillo überzeugte mich sofort komplett, es war nicht nötig, weiter zu hören. Ich setzte den Kopfhörer ab und signalisierte der Dame, dass ich die Platte sofort kaufen möchte. Kommentarlos packte sie die LP in die Hülle, sagte aber kein Wort. Ich gab ihr 20 Mark, die sie pfeilschnell einkassierte, mit einem griesgrämigen Blick drückte sie mir die Platte und eine Plastiktüte in die Hand. Die Platte hatte 19.95 gekostet, ich hatte nicht „Stimmt so" zu ihr gesagt. Also eigentlich hätte ich noch 5 Pfennig zurückbekommen müssen. Aber ich wollte mich besser auf keine Diskussionen einlassen, die fünf Pfennig konnte ich verkraften, außerdem wartete Hector schon vor der Türe.

---

* **auf Hochdeutsch, Du unverschämter Rotzlöffel**

Eigentlich war klar, dass ich wieder mit dem Bus heimfahren würde, aber Hector meinte „Ich nehme dich mit dem Mofa mit, das ist kein Problem" Mir war das nicht so recht und sagte zu ihm „Und wenn die Bullen uns sehen, sind wir im Arsch" Hector wiegelte nur ab und meinte ich solle mich nicht anpissen. Also gut, ich wollte mir nicht nachsagen lassen, ich sei ein Weichei. So platzierte ich mich vorne im Fußraum, stellte meine Füße rechts und links auf die Schraubenmuttern der Vorderachse und schaute mit den Augen direkt über den Lenker. Hinten auf dem Gepäckträger zu sitzen war unbequem und führte zu einer schlechten Gewichtsverlagerung. So fuhren wir unter den fassungslosen Blicken der Fußgänger und Autoinsassen Richtung Heimat. In meinem Magen machte sich ein mulmiges Gefühl breit, ich hoffte die drei Kilometer unbeschadet und vor allem ungesehen schnell hinter uns zu lassen.

Alles lief perfekt, es war weit und breit keine Polizei zu sehen. Direkt hinter der Neckarbrücke begann unser Dorf und als wir das Ortsschild passiert hatten, atmete ich innerlich auf. Im nächsten Moment kam uns ein Polizeiauto entgegen, die zwei Polizisten waren so überrascht, als sie uns sahen, und rissen nur konsterniert die Augen auf. Zum Glück gab es für die Polizisten keine Möglichkeit, dort anzuhalten ohne den folgenden Verkehr zu gefährden. Hector behielt wieder absolut die Ruhe, so schnell war er nicht aus der Fassung zu bringen. Er fuhr einfach weiter, nach 50 Meter bog er rechts ab und hielt kurz vor der Kirche an. Ich krabbelte blitzschnell aus dem Fußraum und sprang mit einem Satz mitsamt meiner Zappa Platte über die Kirchenmauer. Es war unser Revier, da kannten wir uns aus. Hector fuhr gleich nach der Kirche in einen Hof, von wo aus ein kleiner Durchgang hinter die Kirche führte. Die Polizei musste ein gutes Stück weiterfahren, bis sie umdrehen konnten. Wir aber waren so schnell verschwunden, dass es keine Chance für sie gab, uns zu stellen. Wir saßen hinter der Kirche, hörten das Polizeiauto mit Blaulicht hin und her fahren und grinsten uns eines. Es dauerte mindestens 20 Minuten, bis keine Sirenen mehr zu hören waren.

Vorsichtig kamen wir langsam hinter der Kirche vor und überprüften, ob die Luft rein war. Wir waren beide in blendender Laune, es machte uns großen Spaß, die Bullen ein bisschen an der Nase herum zu führen, aber leider klappte das nicht immer.

Hector wohnte nur einige Meter neben der Kirche. Als wir bei ihm ankamen, wartete schon Michi vor dem Haus, und unterhielt sich angeregt mit Hectors Mutter, die gerade dabei war, den Gehweg zu kehren. Selbstverständlich lief ich jetzt neben Hector her. Als wir vor seiner Mutter standen, sprudelte es aus ihr heraus „Sag mal, wem gehört das Mofa, wart ihr das, seid ihr von der Polizei gesucht worden? Die sind mehrfach hier vorbeigefahren und haben nach zwei Jugendlichen auf einem Mofa gesucht". Hector, kühl wie eine Hundeschnauze „Nein das Mofa gehört Bob, ich war nur kurz in Ludwigsburg und Cat habe ich gerade erst getroffen" „Und das soll ich euch glauben oder was, verarscht mich bloß nicht" Michi musste sich grinsend umdrehen, ihm war sofort klar, dass das nur wir gewesen sein konnten. Hector tat einfach so als hätte er nichts gehört und verabschiedete sich, um das Mofa abzuliefern.

Ich machte mich mit Michi auf zum Neckar, durch diese Aktion waren wir etwas zu spät dran, unsere Mädels warteten bestimmt schon auf uns. Mein Mund stand nie still wie meistens, wenn ich gut drauf war. Michi, introvertiert wie immer, hörte mir geduldig zu, er war es ja von Silke gewohnt. In diesem Punkt hatte ich mit Silke etwas Gemeinsames. Sie war gleichfalls ein sehr hübsches Mädchen und schwer in Ordnung. Michi passte perfekt zu ihr, mit so einem wie mir, hätte das nicht funktioniert. Wir hätten uns in Grund und Boden geredet und wären vermutlich zu nichts anderem gekommen. Für mich gab es sowieso nichts Besseres, nichts Perfekteres als Sina.

Auf dem Weg durchs Wäldchen sah ich leicht verdeckt durch das Laubwerk etwas Ungeheuerliches. Spielte mir mein Gehirn einen Schabernack, ich war doch stocknüchtern.

Es war tatsächlich real, zwei Jungs vom Ort gegenüber standen ziemlich nah bei unseren Mädels und texteten sie zu. Meine Beine beschleunigten, ohne von oben einen Befehl dazu bekommen zu haben. „So, was geht hier ab, habt ihr nicht anderes zu tun" Mit dieser Ansage war ich noch mehr als gnädig. Sina sah mein Gesicht und verstand sofort. „Cat, alles Ok kein Problem, wir haben uns nur unterhalten". „Dann ist ja gut, also ab, verzieht euch". Sie hätten einfach gehen können, aber nein „Spiel dich nicht so auf" warf mir der größere von Beiden an den Kopf. „Ich sage es zum letzten Mal, haut ab oder soll es weh tun" „Bei wem" antwortete dieser vorwitzige Kerl frech. Von Hause aus war ich schon ein flinker Junge und durch das Torwartspiel waren meine Reaktionen überragend. Blitzschnell packte ich ihn mit einer Hand und festem Griff an der Gurgel und schleifte ihn in Richtung Weg.

Die Mädels wurden hektisch, Sina rief mit besorgter Stimme „Cat, hör auf, Michi geh hinterher, halt ihn auf". Michi wusste genau, dass ich in dieser Verfassung kaum zu stoppen war, trotzdem kam er uns nach. Draußen vor dem Wäldchen flog der Dummkopf in hohem Bogen in die Brennnesseln. „Reicht es dir, oder willst du noch eine aufs Maul". Röchelnd, die Augen weit hervorquellend, kroch er langsam raus aus der Brennnessel, die im Moment mit Sicherheit sein kleineres Problem waren. Kein Wort brachte er heraus, so sehr war er mit nach Luft schnappen beschäftigt.

„Lass dich hier nicht mehr sehen, sonst geht es nicht so glimpflich ab für dich, ist das klar, und nimm deine Handlampe mit". Gemeint war sein Kumpel, der, ohne bisher ein Wort zu sagen, daneben stand. Die Mädels waren mittlerweile nachgekommen, Sina schaute mich vorwurfsvoll an. „Ich habe ihn nicht geschlagen ehrlich, außerdem ist er frech geworden, hast du doch gemerkt". Es ist nicht oft vorgekommen, dass sie gar nichts mehr sagte, jetzt schüttelte sie nur wortlos ihren Kopf. Oh Mann, ich hatte mir alles so schön ausgemalt für heute. Jetzt habe ich bestimmt wegen diesem Idioten den Tag versaut.

Erleichtert hörte ich Sinas Stimme mit normaler Tonlage. „Hier ist mir zu viel los, lass uns ein Stück den Neckar entlang laufen". „Ja genau find ich auch", fügte Silke ergänzend hinzu. Manchmal dauerte es ein bisschen länger bis bei mir der Groschen fiel. Nun wurde ich aber den Gedanken nicht los, dass die beiden etwas ausbaldowert hatten. Die Mädels verhielten sich so, als ob überhaupt nichts passiert wäre. Auf der Stelle passte ich mich diesem Verhalten an und ging zur Tagesordnung über.

Gemütlich spazierten wir flussaufwärts, vor uns lag eine zwei bis drei Kilometer lange Aue, in der das Gras mindestens einen Meter hoch stand. Es gab genug Möglichkeiten für lauschige Plätzchen, ohne dass man dabei vom eigentlichen Weg, der einige hundert Meter vom Ufer entfernt verlief, zu sehen war. Die Möglichkeiten sich zurückzuziehen waren einfach toll. Es war fast unmöglich dort von jemand gesehen zu werden und man konnte sich ganz sicher fühlen. Im Übrigen waren wir jung und unbekümmert, und wahrscheinlich wäre es uns völlig egal gewesen, überrascht zu werden. Nach ca. 500 Meter meinte Silke unvermittelt „Wir gehen ein bisschen in diese Richtung, Tschüss vielleicht bis später", mit diesen Worten entfernte sie sich mit Michi vom Ufer weg hinein ins hoher Gras.

Ich ging mit Sina noch etwa 100 Meter weiter, dann richteten wir uns inmitten dieser artenreichen Graslandschaft gemütlich ein. Sina breitete eine Decke aus, die sie zusammengelegt über ihrer Umhängetasche liegend, mitgebracht hatte. Arm in Arm und beide still und verträumt lagen wir nebeneinander. Konnte es was Schöneres geben als bei tadellosem Wetter zusammen mit dem Menschen, den man über alles liebt, im hohen Gras zu liegen. Seit mein Gehirn die Fähigkeit zu selbständigem Denken erreicht hatte, war ich auf der Suche nach Zärtlichkeit und gegenseitiger Liebe. Nein, es konnte nichts Schöneres geben.

Die Augen geschlossen hörte ich Sina sagen „Weißt du im Grunde finde ich das ganz aufregend, und es macht mich total an, wenn du dich für mich schlägst". Das war genau die ambivalente Seite, die mir beim weiblichen Geschlecht in diesem Zusammenhang schon früher aufgefallen war. Leicht genervt richtete ich mich auf. „Unglaublich, da soll man wissen, wo man dran ist mit euch Frauen, ich weiß, manchmal dauert es etwas länger, bis ich begreife, was du mir sagen willst. Aber Hellsehen kann ich noch nicht, aber ich versuche es zu lernen". Mein Unmut war mir deutlich anzusehen. Sie lachte sich halb kaputt über meine Reaktion. „Ach ist das herrlich, wenn du dich aufregst", Frauen! Hector hatte mir ein winziges Stückchen Hasch geschenkt, das ich mühsam aus meiner Hosentasche hervor kramte. Gerade dabei selbiges zusammen mit Tabak in eine runde Papierform zu bringen, kam der nächste Hammer. „Willst du eigentlich nicht mit mir schlafen"

Vor Schreck wäre mir fast alles aus der Hand gefallen. Stotternd war ich dabei die richtigen Worte zu finden. „Äh ja natürlich, warum fragst du mich das" „Weil du bis jetzt darüber noch nichts gesagt hast, und auch sonst keine Versuche in der Richtung unternommen hast" „Naja, weißt du äh". Ich war gewaltig in der Bredouille. „Ich wollte dich nicht überfordern, ich liebe dich und dachte, womöglich fühlst du dich bedrängt". Herzlich lachend drückte sie den nieder gerauchten Stummel in die Erde. „Ach, Cat du bist süß, es gibt sicher Dinge, wo du mich überfordern würdest, aber bestimmt nicht bei diesem Thema. Ok höre mir zu, eigentlich möchte ich es. Hoffentlich spürst du, dass meine Liebe zu dir ehrlich und aufrichtig ist. Du machst mich total an in jeder Hinsicht, aber mein Verstand sagt mir, dass wir noch ein bisschen warten sollten". Puh, innerlich fiel mir ein Stein vom Herzen.

Bis jetzt hatte ich mich nur theoretisch damit befasst, und ich war mir nicht sicher, ob ich dem schon gewachsen war. Ok, natürlich hatte ich schon mehrmals selber Hand angelegt, da hat auch alles wunderbar geklappt.

Aber so richtig, das war doch ganz was anderes. Ausführlich begann ich zu schwadronieren „Ja und wie ist das mit der Verhütung, ich weiß nicht, so ein Gummiding ist glaube ich nicht meine Sache, und wo sollen wir da hingehen, bei mir hätte ich keine Ruhe, du weißt meine Mutter......" Mit einem ausgesprochen entspannten und wunderschönem Gesicht sagte sie „Cat, Caaat halt einfach mal die Klappe" und zog mich dabei zu sich runter. Im Handumdrehen waren wir ineinander verschlungen.

Ich habe es immer sehr genossen wenn sie die Initiative übernommen hatte. Bisher hatten wir aber nur oberflächlich gefummelt, freilich an den richtigen Stellen. Aber zu einem Hautkontakt war es bisher nicht gekommen. Jetzt wagten sich meine Hände weiter unter Ihr T-Shirt, ich streichelte ihren süßen kleinen Busen. Ihre Brustwarzen begannen sich zusammenzuziehen und wurden ganz fest. Intuitiv liebkoste ich sie dort mit meiner Zunge. Sie rekelte sich und streckte ihren Körper, es war faszinierend zu spüren wie sehr ich sie damit in einen wahren Rausch versetzen konnte. Mit einer Routine, die mir schon wieder unheimlich vorkam, knöpften ihre Finger meine Hose auf, und waren prompt und zielgerichtet an der richtigen Stelle. Jetzt verlor ich jegliche Kontrolle über mich und ließ mich einfach mental fallen. Woher wusste sie dass alles, war der letzte kontrollierte Gedanke an den ich mich erinnern konnte.

Wie das bei den meistens Jungs in jungen Jahren oft so ist, erreichte ich viel zu schnell den Höhepunkt. „Oops, das ging aber schnell" hörte ich sie leicht ironisch sagen. Heute noch wundere ich mich über meine damalige Schlagfertigkeit. „Du kannst es ja in einer halben Stunde nochmal das gleiche tun, ich glaube dann dauert es länger". Was sie wieder mit einem herzhaften Lachen quittierte. Das nächste Wort irritierte mich gleich wieder „Interessant" wie sollte ich das nun wieder verstehen. „Interessant, was ist interessant", fragte ich noch leicht atemlos nach. „Ich wollte schon lange mal sehen wie das in Natura aussieht". Phänomenal, was durfte ich mit diesem Mädchen noch alles erleben.

Auf zur letzten Runde das Abschlussschuljahr hatte begonnen. Alle waren in blendender Laune. Nicht wenige hatten sich in den letzten Sommerferien nochmal so richtig ausgetobt. Für mich waren es überragende Sommerferien. Was war alles passiert in den paar Wochen, irgendwie fühlte ich mich sau cool und gereift. Sina hat natürlich nicht locker gelassen und forderte mein Versprechen ein. Samstagmorgens wollten wir regelmäßig Mathe büffeln und ab und zu an einem Mittag je nach Bedarf. Samstagmittag und Sonntag war ja mit Fußball blockiert. Mir war der Samstagmorgen ganz recht. So musste ich Zuhause keine anderen Aufgaben übernehmen und konnte unter der Woche vielleicht noch bei den Jungs vorbeischauen. Meine Eltern trauten der Sache nicht so ganz. Als sie mich mit den Schulsachen und den Worten „Also ich gehe zu Sina lernen", abhauen sahen, war ihnen die Skepsis deutlich anzusehen.

Sinas Eltern begrüßten mich äußerst freundlich, ihre Mutter machte sogar ein nettes Gesicht. Dann wurde ich erst mal gelobt, wie toll sie es fanden, dass ich meine Noten verbessern wollte und noch dazu freiwillig. Aha, das war mir neu, aber ich widersprach nicht. Sina grinste sich eins, und ich wollte gar nicht wissen, was sie ihnen noch löbliches über mich erzählt hatte. Mit ihrem fußballbegeisterten Vater gab es immer etwas zu reden. Aber er war VFB Stuttgart Fan, da musste ich mich zurückhalten mit meinen Äußerungen. Obwohl Stuttgart nur 20 km entfernt war, konnte ich mit diesem Verein überhaupt nichts anfangen. Daran hat sich auch nie etwas geändert.

Das Lernen ging besser als ich dachte. Ich habe mich wirklich angestrengt, und Sina gab sich unendlich viel Mühe. Meine Noten in Mathe wurden tatsächlich auch besser, was unserem Lehrer spanisch vorkam. Er war der festen Überzeugung, dass dies nur mit Abschreiben zustande kommen konnte. Ich stand bei den Mathe Arbeiten sozusagen unter Sonderbewachung.

Aber er konnte mich nicht erwischen, weil es ja nichts zu erwischen gab. Nach ein paar Wochen hat er es einfach akzeptiert. Ein Schwerpunkt des letzten Schuljahres bestand aus umfangreichen Informationen, die den Schülern die Berufswahl erleichtern sollten. Wir besuchten mehrere Betriebe, verschiedene Praktika wurden angeboten, und man bekam von allen Seiten gute Ratschläge. Ehrlich, nichts von dem, was mir da vermittelt wurde, fand ich erstrebenswert. Meine liebsten Fächer in der Schule waren Geschichte und Sport. Die einzigen Einser Noten, die ich während meiner ganzen Schulzeit im Zeugnis stehen hatte, waren in Geschichte. Auf dieses Fach freute ich mich immer, alles war für mich spannend und interessant.

Bestimmt war es das einzige Fach, indem ich die ganze Stunde konzentriert aufgepasst hatte. Zusätzlich lernen brauchte ich da nicht, der Unterrichtsstoff war in meinem Kopf, seltsamer Weise blieb er da auch. Aber was sollte ich mit einem Hauptschulabschluss und Geschichte anfangen. Es gab auch niemand, der mir eventuelle Möglichkeiten in der Richtung aufgezeigt hätte. Für meine Eltern und mein gesamtes Umfeld war klar, ich sollte irgendeinen Arbeiterberuf erlernen. Sina konnte mir da auch nicht helfen. Wie sollte sie auch, sie war mit ihren eigenen Planungen voll ausgelastet und hatte schon erste Erfolge aufzuweisen. So beschloss, ich die ganze Sache vorerst mal zu ignorieren und alles auf mich zukommen zu lassen.

Jeder hat vielleicht in seinem Leben ein Jahr, an das man sich immer gerne zurück erinnert, und als das Beste erachtet. Mein Lieblingsjahr ist und bleibt das Jahr 1974. Großartige Platten kamen auf den Markt. DEEP PURPLE mit neuer Besetzung veröffentlichten Burn, WISHBONE ASH ebenfalls mit neuer Besetzung – There´s The Rub, die ROLLING STONES It´s Only Rock´N Roll mit dem einzigartigen Song Time Waits For No One. Eine für uns neue Band betrat das Rampenlicht, SUPERTRAMP. Auf ihrer in dem Jahr erschienen LP Crime Of The Century befand sich mit School ein Song von bemerkenswerter Schönheit, er passte auch Optimal zum letzten Schuljahr. Die absolute Überplatte veröffentlichten aber für mich GENESIS mit The Lamb Lies Down On Broadway, ein gesamt Kunstwerk oberster Güte. Die Band war auf dem Höhepunkt ihres Schaffens. Sänger Peter Gabriel verließ danach die Band und für mich wurde GENESIS im Laufe der folgenden Jahre immer uninteressanter. Sie entwickelten sich zu einer Hitparade orientierten Pop Band und war nicht mehr das, was ich vorwiegend hören wollte.

Das Jahr 1974 war aber auch das Jahr der Fußball Weltmeisterschaft, die diesmal in der Bundesrepublik Deutschland (BRD) stattfand. Nach den Olympischen Spielen 1972 in München war das die zweite große Sportveranstaltung nach dem Krieg bei uns. Im Lande herrschte eine große euphorische Stimmung. Nicht wenige erwarteten den Weltmeistertitel von unserer Mannschaft. Der Stamm bestand hauptsächlich aus Spielern der beiden Topmannschaften der 70er Jahre Bayern München und Borussia Mönchengladbach. Bayern München hatte zudem das erste Mal den Europapokal der Landesmeister gewonnen. Dieser Titel ist gleichbedeutend mit dem heutigen Champions League Sieg. Die glorreiche Bayern Mannschaft war auf ihrem Zenit angelangt.

Das Gerüst der Mannschaft bestand aus Franz Beckenbauer, Sepp Maier, Gerd Müller und den blutjungen Paul Breitner und Uli Höness allesamt Nationalspieler. Ergänzt durch Georg „Katsche" Schwarzenbeck, der den Abräumer spielte und Franz Beckenbauer bei seinen offensiven Ausflügen den Rücken frei hielt. Von den Gladbachern war Günter Netzer der große Star, er wechselte allerdings schon 1973 zu Real Madrid. Und nicht zu vergessen der Kölner Wolfgang Overath, er hatte vielleicht nicht die Eleganz eines Günter Netzer, war aber der bessere Manschaftsspieler und ein vorzüglicher Mittelfeldregisseur.

Für mich war es immer ein Spagat mental zwischen meinen beiden Hobbys zu pendeln. Es gab keine Berührungspunkte, Franz Beckenbauer und Gerd Müller veröffentlichten diverse Singles. Das waren aber eher zwischen Volksmusik und Schlager anzusiedelnde musikalische Peinlichkeiten. Günter Netzer kam optisch mit seinen langen blonden Haaren der Rock und Hippiekultur am nächsten, aber nur, was das Äußere betraf. Einzig Paul Breitner fiel da aus dem Rahmen. Er galt als linker Revoluzzer, weil irgendwo ein Bild auftauchte auf dem eine Mao Bibel in seiner Nähe lag. Im Grunde waren es alle brave angepasste deutsche Staatsbürger, deren einzige Auffälligkeit extravagante Sportwagen, Pelzmäntel und lange Discobesuche waren.

Die Gruppenauslosung verlieh dieser WM eine ganz spezielle Note. Der Klassenfeind, die DDR wurde zusammen mit der BRD einer Gruppe zugelost. Dieser Umstand sorgte schon im Vorfeld für einige Aufregung, insgeheim hatte man gehofft, sich während dem Turnier aus dem Wege zu gehen. Am 13. Juni war es soweit, das Eröffnungsspiel zwischen dem amtierenden Weltmeister Brasilien und Jugoslawien fand in Frankfurt statt. Meine Brasilianer, selbstverständlich wollte ich mir das Spiel dieser südamerikanischen Filigrantechniker ansehen. Pele hatte seine Laufbahn in der Nationalmannschaft zwischenzeitlich beendet, und ich war außerordentlich gespannt auf ihre neue Mannschaft.

Das Spiel hatte schon wenige Minuten begonnen, als ich es mir zu Hause auf dem elterlichen Sofa gemütlich machte. Noch nicht richtig bei der Sache, schaute ich eher beiläufig den ersten Spielszenen zu.

Urplötzlich wie aus heiterem Himmel stach mir ein Spieler der Brasilianer ins Auge. Was war das! Auf der linken Abwehrseite spielte ein junger blondgelockter Spieler, der mich sofort wie elektrisiert aus meiner Unkonzentriertheit riss. Ein blonder Brasilianer! Der von etwas Entfernung mit seinen langen Locken Ähnlichkeit mit Robert Plant dem markanten Sänger LED ZEPPELINs hatte. Das war nicht das einzige ungewöhnliche an diesem Spieler. Er bearbeitete die linke Abwehrseite auf eine Art und Weise, wie ich es noch nie vorher wahrgenommen hatte. Bisher waren Verteidiger darauf beschränkt ihren Platz hinten einzuhalten und vorwiegend Abwehraufgaben zu übernehmen. Dieser Spieler stellte alles auf den Kopf, was ich seither von Abwehrspielern zu sehen bekam. Die linke Seite hoch und runter marschierend, kurbelte er ständig das Offensivspiel seiner Mannschaft an. Sein Spiel, seine Bewegungen waren von einer zauberhaften Eleganz. Er schwebte über den Platz, ein 22 Jahre altes Wunderkind des Fußballs. So ungefähr stellte ich mir einen Jaguar im brasilianischen Regenwald vor. Zwangsläufig erinnerte er mich an meinen Hero der ersten Stunde, der von meinem Vater und seinen Bekannten auf so schmähliche Art und Weise beschimpft wurde.

Aber auch in Punkto Härte hatte der Brasilianer einiges zu bieten. Wenn es sein musste, teilte er gewaltig aus. Er gab keinen Zweikampf verloren und stürzte sich waghalsig in die aussichtslosesten Situationen. Ich war fix und fertig, was für ein Spieler! Sein Name FRANCISCO MARINHO, heute noch bekomme ich eine Gänsehaut, wenn mir der Name über die Lippen kommt. Das Spiel war mir völlig unwichtig, ich hatte nur noch Augen für diesen elfenhaften Spieler. Für mich war er das Ebenbild des perfekten Menschen. Hätte ich die Möglichkeit gehabt mir meinen Körper, mein Gesicht rauszusuchen, dann hätte ich wohl so ausgesehen.

Aber ich war ein ganz anderer Typ, zumindest äußerlich, durch das jahrelange *Zirkeltraining hatte ich für mein Alter eine sehr kräftige Figur. Das ebenso nachhaltige Torwarttraining in der Weitsprungsandgrube verliehen mir dermaßen muskulöse Oberschenkel, dass es mir schon wieder peinlich war. FRANCISCO MARINHO war schlank und drahtig, spielte mit indianischer Halskette, hatte meistens an beiden Unterarmen verschiedene metallische Armreifen, verschiedene bunte Stoffbändchen und jede Menge Ringe an den Fingern. Ein wunderschöner Mann, für mich der Bestaussehendste Fußballer aller Zeiten. Ich habe kein Problem damit, dies so deutlich zu sagen. Obwohl es ja klar sein dürfte, dass meine sexuelle Neigung ausschließlich zu Frauen bestand.

*Als Zirkeltraining bezeichnet man eine spezielle Trainingsmethode bei der verschiedene Stationen nacheinander absolviert werden müssen. Zirkeltraining schult schwerpunktmäßig die Kraft, Ausdauer, Beweglichkeit oder Schnelligkeit. Die Stationen sind kreisförmig angelegt. An jeder Station ist eine spezifische Übung zu absolvieren.

Bild: Mit Genehmigung v. Luan Xavier/A Bruxa E As Vidas De
Marinho Chagas/Tribo 2014

Francisco Marinho im Dress seines damaligen Vereins

Botafogo FR Rio de Janeiro

Das Spiel ging 0:0 aus, Brasilien konnte nicht überzeugen, Brasilien spielte die ganze WM durchwachsen. Nur einer überragte alle in jeder Hinsicht, und die nächsten Tage hielten einige Überraschungen parat. Ich war bei weitem nicht der einzige, der von diesem galaktischen Traum in kurzen Hosen begeistert war. Am nächsten Schultag befand ich mich mental immer noch bei meinem neuen Helden. Unter den Jungs war die Anspannung groß, unsere Mannschaft sollte erst am heutigen Tag ihr erstes Gruppenspiel gegen Chile bestreiten. So fand auf dem Schulhof eine rege Diskussion über die Aufstellung der Mannschaft statt.

Die Mädels standen etwas abseits, und als ich Sina begrüßte, bemerkte ich, dass sie sich alle gebannt mit einer Zeitschrift befassten. Das war nichts Besonderes, meistens hatte jemand die Bravo dabei. Darin gab es immer genügend Neuigkeiten und Gesprächsstoff für unsere Schönen. Doch heute überraschten sie mich mal auf eine völlig neue Weise. Bigi hatte ein Fußballmagazin dabei, indem alle Mannschaften der WM mit Fotos vorgestellt wurden. Die Köpfe weit zusammengesteckt, dicht gedrängt und ganz aufgeregt starrten alle auf diese Zeitschrift. Einzelne Wortfetzen drangen an mein Ohr „Ist der süß, oh das gibst doch gar nicht, wann spielen die wieder". Unterhielten sie sich über Fußball? Sonst, wenn wir Jungs uns die ganze Zeit über unseren Lieblingssport unterhielten, wurde das in der Regel mit abwertende Kommentaren und Unverständnis quittiert. Irritiert fragte ich Sina „Was ist da los, sind die auf einmal zu Fußballfans geworden". Ihr gewohnt herzhaftes Lachen machte mich noch ratloser. „Nein, das glaube ich jetzt nicht, nicht für den Sport, sondern für einzelne Spieler. Besser gesagt für einen Spieler, Bigi hat gestern das Brasilienspiel angeschaut, da spielt ein junger blonder Schönling mit, der alle ganz begeistert".

Nervös drängte ich mich zwischen die Mädels und tatsächlich, es ging um Francisco Marinho. Enthusiastisch und mit leuchtenden Augen löcherten sie mich und bombardierten mich mit allerlei Fragen „Kennst du den Spieler, was weißt über ihn, erzähl uns bitte alles".

Ich konnte es nicht fassen, einerseits verstand ich ihr Verhalten sehr gut. Anderseits war ich aber auch total überrascht von dieser Euphorie. Ich versprach, so viele Informationen zu sammeln wie ich konnte, und sie auf dem Laufenden zu halten. Sina stand verblüfft daneben, dass ich sie einfach kommentarlos zur Seite schob, war ein rundweg ungewöhnlicher Vorgang. „Hast du dir das Foto auch angeschaut", fragte ich sie gleich, um meine Handlungsweise zu kaschieren. Mit leicht gereizter Stimme antwortete sie „Ja der sieht ganz gut aus, es ist aber ein bisschen zu wenig dran an ihm, wie ich finde". Eigentlich eine beruhigende Aussage. Aber ich wollte doch gerne so aussehen, würde sie sich dann nicht für mich interessieren. Diese Gedankenspiele verleiteten mein Gehirn wieder zu unnötiger Denkweise, folglich unterdrückte ich jedes weitere Grübeln in dieser Richtung sogleich.

Die Schwärmerei war aber nicht nur auf unsere Schule beschränkt. Im ganzen Land waren die jungen Mädchen und Frauen entzückt von diesem tollen Spieler. Und mit jedem weiterem Spiel der Brasilianer steigerte sich diese Entzückung zu einem wahren Francisco Marinho Fieber. Heerscharen von Mädchen belagerten das Trainingslager der Brasilianer und bettelten um Autogramme. Die Teenies waren dermaßen aus dem Häuschen, überall wo man hinkam, sah man welche, die Francisco Marinho auf ihrer Hose, auf ihrem Arm oder sonst wo hin gekritzelt hatten. Er wurde zum Popstar dieser WM und des Jahres 1974. Erfreulicher Weise setzte in vielen Zeitschriften eine umfangreiche Berichterstattung ein. Wie ein Staubsauger begann ich alle Informationen, die ich bekommen konnte aufzunehmen. In Brasilien war er schon länger ein Frauenschwarm, was er sich anscheinend auch reichlich zu nutzen machte.

Bild: Mit Genehmigung der Familie Chagas Marinho

Francisco Marinho Im Spiel um Platz 3 gegen Polen bei der WM 1974

Darüber hinaus hatte er auf dem Fußballplatz keinerlei Respekt vor großen Namen. All diese Aspekte, seine Frisur und die direkte Art, mit der er auch außerhalb des Fußballplatzes einigen Leuten auf den Schlips trat, brachten ihm den Spitzamen A Bruxa, auf Deutsch die Hexe ein. Den Hype den er in der BRD bei seinen weiblichen Fans auslöste, inspirierte die Presse zu A Bruxa Branca, DIE WEISSE HEXE.

Die Illustrierte Neue Revue kreierte auf ihrem Titelblatt die schlüpfrige Schlagzeile „Der große Blonde mit dem harten Bums" Die Spekulationen blühten in ihren rosigsten Farben, mancherlei Affären wurden ihm nachgesagt. Darunter waren auch Prominente wie z.B. Grace Kelly, was daran stimmte, ist schwer zu sagen, aber es wird gemunkelt, dass in Europa einige Kinder von ihm existent sind. Vor dem Spiel um den 3. Platz gegen Polen, das in München stattfand, legte eine große deutsche Boulevardzeitung noch einen drauf und gestaltete auf dem Titelblatt die dramatisierende Schlagzeile „Mütter holt eure Töchter von der Straße, der blonde Teufel ist in der Stadt". All das hat mein Interesse und den Kult, den er bei mir ausgelöst hat, nur vergrößert.

Bild: Mit Genehmigung der Familie Chagas Marinho

Ohne Probleme hätte man sich ihn zusammen mit irgendeiner Rockband auf die Bühne vorstellen können. Seine Art, sein Auftreten, seine Erscheinung erinnerte mich an all diese Musikhelden, die ich so verehrte. Er war der Mann, der Spieler den ich immer gesucht hatte. Mein Bindeglied zwischen Rockmusik und Fußball. Ein Anarcho auf dem Platz und im Leben und möglicherweise der letzte Romantiker des Fußballs. Menschen mit solchen Attributen stehen ganz oben in meiner Gunst, mit ihnen kann ich mich voll und ganz identifizieren. Dauerhaft und unverrückbar ist er ein wichtiger Teil meines Favoritenjahres 1974.

Die Weltmeisterschaft verlief ziemlich turbulent für unser Team. Die ersten zwei Gruppenspiele wurden, ohne groß zu überzeugen, gewonnen. Das dritte gegen die DDR entschied über den Gruppensieg. Unsicherheit und Angst, Fehler zu machen charakterisierten das Spiel. Nichts lief zusammen bei unserer Mannschaft. Eine knappe Viertelstunde vor Schluss gelang der DDR durch Jürgen Sparwasser das entscheidende 1:0. Dieses Tor bescherte dem Spieler einen dauerhaften Platz in der Geschichte. Das Team der BRD wurde gnadenlos verrissen, welch eine Blamage gegen den Klassenfeind zu verlieren, das hatte niemand so recht auf seiner Rechnung. Im Nachhinein muss man diese Niederlage aber aus einem anderen, positiveren Licht sehen. Es ging ein Ruck durch die Mannschaft, und weil man nur Gruppenzweiter wurde, entging man in der Zwischenrunde den wesentlich stärker einzuschätzenden Teams aus Holland, Argentinien und Brasilien. Nach Siegen über Jugoslawien, Schweden und Polen, stand man am 7. Juli im Finale gegen die Holländer. Die meisten wissen, das Spiel wurde durch Tore von Paul Breitner und dem unglaublichen Gerd Müller mit 2:1 gewonnen. Die Bundesrepublik Deutschland wurde Weltmeister, und die Welt war wieder in Ordnung. Die WM war aber auch das Turnier der Monarchen „Kaiser Franz" Beckenbauer und „König Johan" Cruyff, beide waren Hauptaspiranten für den besten Spieler des Turnieres.

Durch den WM Titel schien Franz Beckenbauer die Nase vorn zu haben. Trotz der Tatsache das er einer der herausragensten Spieler meines Lieblingsvereins Bayern München und Kapitän der Nationalmannschaft war, muss man neidlos anerkennen, dass der Holländer Johan Cruyff der insgesamt bessere war. Er war der vielseitigste Spieler dieser WM mit spielerischer Leichtigkeit, überragender Technik und Torinstinkt, also alles, was einen kompletten Spieler auszeichnet. Mein Held aber war Francisco Marinho, deshalb ist es wichtig, noch einige Daten seines Lebens festzuhalten.

Sein vollständiger Name war Francisco das Chagas Marinho, geboren am 8. Februar 1952 in Natal eine Stadt im Nordosten Brasiliens. Natal heißt bezeichneter Weise übersetzt Weihnachten, ein wie ich finde passender Aspekt. Er wuchs in ziemlich ärmlichen Verhältnissen auf. Die blonden Haare hatte er aufgrund schwedischer Vorfahren. 1972 wechselte er zu seinem ersten großen Verein Botafogo FR Rio de Janeiro. Als völlig unbekannter betrat er 1974 die Fußballbühne und nach der WM war er Superstar und Popstar zugleich. Er wurde zum besten Linksverteidiger der WM 1974 und in die Weltauswahl gewählt. Seine Karriere wurde begleitet von allerlei Kuriositäten und Besonderheiten. Ende 1974 haben ihn die Leser des deutschen Teenie Blattes Bravo zum zweitbeliebtesten Sportler gewählt.

Hinter Gerd Müller, aber noch vor Franz Beckenbauer, gewann er den silbernen Otto und zierte das Titelbild des Heftes. Es ist unschwer zu erraten, dass für dieses Ergebnis maßgeblich die weiblichen Leser verantwortlich waren. 1975 wollte ihn der deutsche Bundesligaverein Schalke 04 verpflichten, und dies über einen Sonderzuschlag bei den Eintrittsgeldern finanzieren. Darüber sollte im Stadion beim Heimspiel, erwähnenswerter Weise gegen Bayern München, eine Stimmzettelaktion unter den Zuschauer durchgeführt werden. Bei diesem Anlass wurde ihm auch der Silberne Otto von Bravo im Stadion überreicht.

Nach dem Spiel waren aber fast alle Stimmzettel auf mysteriöse Art und Weise verschwunden, eine Verpflichtung kam nie zustande. 1979 spielte er in den USA zusammen mit Franz Beckenbauer bei Cosmos New York, danach bis 1983 mit Gerd Müller bei den Fort Lauderdale Strikers. Seine Laufbahn wäre mit Sicherheit erfolgreicher verlaufen, doch er war nicht bereit, dafür auf Annehmlichkeiten und Genüsse des Lebens zu verzichten. Er hat alles mitgenommen was sich ihm anbot, und war angeblich einem Joint auch nicht abgeneigt. Obwohl ihm die Frauen in Scharen hinterher liefen, neigte er nicht dazu, sie zu benutzen, sondern verehrte sie auf seine eigene charmante Art.

1983 kehrte er nach Brasilien zurück und pendelte dort von einem Verein zum anderen. 1987 war er wieder in Deutschland, um bei einem besseren Thekenverein anzuheuern. Ein spleeniger Unternehmer hatte sich mehrere Altstars eingekauft und als persönliches Hobby in der Kreisklasse unterhalten. Alles in allem ein unrühmliches Karriereende für so einen fantastischen Fußballer. Kurze Stationen als Trainer, unter anderem als Nationaltrainer von Malta und Libyen passen zu seinem kuriosen Gesamtbild. Er war ein Idealist und ließ sich durch nichts von seiner Lebensfreude abhalten. Die meisten die ihn kannten, erzählen von seinem großen Herz und seiner Freundlichkeit. „Er war ein lieber Kerl" ist eine Aussage die man von vielen zu hören bekommt, die ihn kennenlernen durften.

Aber enttäuscht von falschen Freunden suchte er Trost im Alkohol. 2014 vor der Weltmeisterschaft in Brasilien wurde er zum Sonderbotschafter der Stadt Natal berufen, in der auch die deutsche Mannschaft Spiele austrug. Es war im nicht vergönnt, dieses Event im eigenen Land zu erleben. Er starb mit 62 Jahren am 1. Juni 2014 zwei Wochen vor Beginn der Weltmeisterschaft an einer Magenblutung. In Natal steht eine sieben Meter hohe Statue mit seinen Umrissen.

Francisco Marinho vor seiner Statue in Natal
2013/14

Bild: Mit Genehmigung der Familie Chagas Marinho

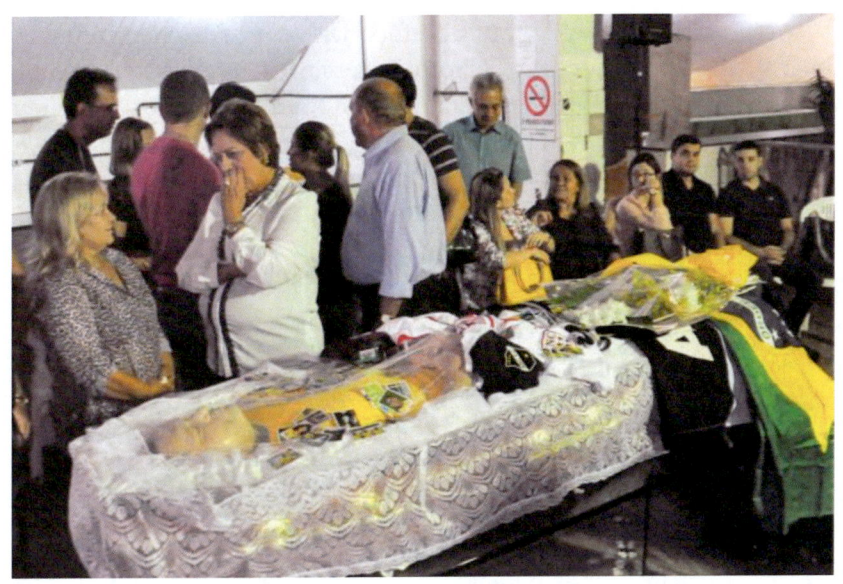
Bild: Mit Genehmigung der Familie Chagas Marinho

Beerdigung 2014

Die weiße Hexe wird immer einen Ehrenplatz in meinem Herzen inne haben.

Während der WM am 27.Juni bekamen wir unser Abschlusszeugnis überreicht, und meine letzten Sommerferien als Schüler standen an. Unvorstellbares war passiert, es reichte in Mathe tatsächlich zu einer drei. Meine Eltern trauten ihren Augen nicht, und Sina war mächtig stolz auf mich. Es war Tradition, dass in der Schule eine Abschlussfeier ausgetragen wurde. Ich konnte mich, wie viele in der Klasse, nicht damit anfreunden. Für uns war das eine spießbürgerliche Veranstaltung, bei der gemeinhin heuchlerische Lobeshymnen verteilt werden. Es war eine Veranstaltung für die Schule, wir wollten aber eine Feier für die Schüler ausrichten. Verschiedene Vorschläge wurden durchdiskutiert, wir haben uns dann für ein großes Gartenfest mit Musik, Grillen und was sonst noch dazugehört entschieden. Darüber wurde in der Klasse abgestimmt, es gab eine klare Mehrheit für das Gartenfest.

Die Empörung an der Schule war unvorstellbar, was erlaubten wir uns. Diese kleinkarierte Reaktion passte zu unserer Meinung, die wir uns von dieser Generation gebildet hatten. Warum regten sie sich so auf, wir luden alle Lehrer dazu ein. Wir hätten sie versorgt und bedient und zusammen hätten wir richtig Spaß haben können. Erwartungsgemäß erschien keiner, und eine Welle der Entrüstung schlug uns entgegen. Noch nie vorher hatte sich das eine Abschlussklasse erlaubt, und meines Wissens kam es danach auch nicht mehr vor. Uns war es relativ egal, wir feierten drei Tage am Stück. Der Garten lag zwei bis drei Kilometer außerhalb des Ortes, es gab reichliche Möglichkeiten, um sich in die Büsche zu schlagen. Ein Umstand, den Sina und ich rigoros ausnutzten. Wundervolle Momente, in denen wir unseren Horizont in Sachen Sex und Erotik immens erweitern konnten. Es war eine feine Abschlussfeier und mir hundertmal lieber als diese steife Veranstaltung in der Schulaula.

Sina hatte die ersten Weichen für die Zukunft schon gestellt. Sie beabsichtige nach den Ferien noch zwei Jahre eine Berufsfachschule mit Schwerpunkt für Fremdsprachen zu besuchen. Sie hatte den Platz dafür schon so gut wie sicher in der Tasche.

Ich hatte mir während des letzten Schuljahres mehrere Berufe in der Praxis angesehen, es war aber nichts dabei, mit dem ich mich hätte anfreunden können. Mein Engagement mich zu bewerben, war, ums vorsichtig auszudrücken, unterdurchschnittlich. Mein Vater nahm die Sache dann in die Hand. Durch seine Beziehungen besorgte er mir eine Lehrstelle als Maschinenschlosser in einem mittelständischen Unternehmen. Ich habe es einfach über mich ergehen lassen, was sollte ich auch machen. In gewohnter Manier verdrängte ich diese Tatsache und konzentrierte mich voll und ganz auf die letzten Ferien.

Nachdem Sina mich mit einer märchenhaften Neuigkeit überraschte, war jeglicher Gedanke an den Beginn der Ausbildung verschwunden. Ihre Eltern hatten in Bad Liebenzell auf dem Campingplatz einen Dauercamper Platz, auf dem sie einen großen Wohnwagen stehen hatten. Sie erlaubten uns tatsächlich, einige Zeit unserer letzten Ferien dort zusammen zu verbringen. Sie selber wollten nur eventuell am Wochenende dazu kommen. Das war eine ganz und gar famose Nachricht, die mir vor Entzückung fast die Tränen in die Augen schießen ließ. Ich alleine mit Sina in einem Wohnwagen, womöglich für zwei bis drei Wochen. In meinen kühnsten Träumen hätte ich mir das nicht vorstellen können. Sie hatte die Sache schon längere Zeit eingefädelt. Ihr Abschlusszeugnis war außerordentlich gut ausgefallen. Meines war nicht gut, aber wesentlich besser als allgemein erwartet wurde. Es war als eine Belohnung für unsere Anstrengungen gedacht. Zum Glück hatten wir liberalere Zeiten, trotzdem war das alles andere als alltäglich für 15 jährige Teenager. Sina war ein Einzelkind und hatte als Tochter ihren Vater sowieso komplett im Griff. Gemeinsam überredeten sie ihre Mutter, die es eigentlich nicht erlauben wollte.

Meine Mutter war auch alles andere als begeistert und prompt kam die Frage „Ihr seid da doch nicht ganz alleine" Was ich mit großer Selbstverständlichkeit verneinte. Eigentlich hasse ich Lügen, aber das war eine absolute Notlüge und ich hatte in keinster Weise ein schlechtes Gewissen.

Mein Vater hielt sich raus, er war froh dass ich einen Ausbildungs-
platz hatte. Mit solchen Unwichtigkeiten wollte er sich nicht mehr
befassen. Wir planten gleich nach dem WM Endspiel am 8. Juli
oder 9.Juli zu starten. Musik musste auf jeden Fall mit eingeplant
werden. Es war enorm wichtig, dafür die richtige dabeizuhaben. Ich
konnte und wollte Sina nicht mit Prog Rock Sachen oder gar
FRANK ZAPPA strapazieren. Fantastische gute Musik, aber nicht
zu diesem Anlass. Dafür musste eine ganz besondere Atmosphäre
geschaffen werden, alles sollte perfekt passen.

Mit voller Konzentration und Leidenschaft bespielte ich Kassette
für Kassette. Auf LED ZEPPELIN konnte ich aber nicht verzich-
ten, es gab durchaus Lieder, die Sina ebenfalls gefielen. Stairway To
Heaven war außerhalb jeder Kritik, dazu so feine Songs wie Thank
You, Since I've Been Loving You, Tangerine und Rain Song. Angie
musste unbedingt dabei sein, sowie das ganze Repertoire von CAT
STEVENS. Und ohne jede Frage, die einfühlsamen, romantischen
WISHBONE ASH. Songs wie zum Beispiel Errors of My Way oder
Throw Down the Sword hatten uns beide schon einmal in eine
atemberaubende Welt der Gefühle versetzt. Dazu nahezu alles, was
uns an die Stehblueszeit erinnerte. Sina hatte sich eine neue Platte
gekauft und wollte auf jeden Fall, dass ich ihre neueste Errungenschaft ebenfalls aufnehme. ALAN STIVELLs 1972 erschienene
Live Scheibe à l' Olympia. Stivell ist ein französischer Harfenist
und Sänger, der bretonischen Folk mit Rockmusik verbindet.

Jetzt hatte ich schon so viel gehört, aber das war ganz was Neues.
Mein Mädchen! Bisher meinte ich, ich müsse ihr in Sachen Musik
Nachhilfe geben. Dann verblüfft sie mich mit einer so unbeschreib-
lich schönen Musik. Obwohl meine Basis immer der Rock blieb,
liebe ich diese in der keltischen Kultur verankerten gefühlvollen
Klänge sehr.

Am Dienstag den 9. Juli ging es los, mit dem Auto dauerte die Fahrt eine knappe Stunde. Sinas Vater fuhr uns 10.30 Uhr morgens, so dass wir um die Mittagszeit schon Vorort waren und unsere Sachen einräumten. Bei den Lebensmitteln beschränkten wir uns auf Konserven. Ich hatte mit Kochen überhaupt nichts am Hut, und Sinas Künste diesbezüglich waren auch nicht berauschend. Darüber hinaus war das letzte, was wir wollten, so eine Art bürgerliches Zusammenleben. Wir wollten gemeinsam Spaß haben, das Leben und die Freiheit in allen Facetten genießen. Dabei war Kochen, Essen und sonstiger häuslicher Schnickschnack so ziemlich das Unwichtigste. Ok, Frühstück musste sein und ich nahm mir vor diese Aufgabe jeden Morgen zu übernehmen.

Sina war meine Königin, ich wollte sie das jeden Tag spüren lassen. Nachdem ihr Vater wieder heimfuhr, erkundeten wir zuerst einmal diesen malerisch im nördlichen Schwarzwald befindlichen Kurort. Für Sina war es ja nichts Neues, ich aber war zum ersten Mal auf diesem schönen Flecken Erde. Das Freibad befand sich unmittelbar neben dem Campingplatz, das war schon mal perfekt. Ansonsten, naja war nicht viel geboten, ein Kurort eben. Umarmend schlenderten wir durch die Straßen und fielen sofort auf. Die meisten Kurgäste jenseits der 50, anzugstechnisch noch in den 50er Jahren, warfen uns saublöde Blicke zu. Zwei Teenager, Hals über Kopf verliebt, zwischen all diesen Scheintoten, dazu noch in unseren Klamotten, da mussten wir unwillkürlich auffallen.

Es war ein Bombenwetter, mindestens 30° und strahlender Sonnenschein. Sina war relativ leicht angezogen, und ich barfuß mit meinen abgewetzten Jeans und schulterlangen Haaren. Ich dachte an die weiße Hexe, wie hätte er wohl reagiert. Mit Sicherheit hätte er sich da keinen Kopf gemacht und wäre mit breiter Brust und erhobenem Haupt an den Gaffern vorbeigelaufen. Einen sarkastischen Kommentar hätte er sich aber bestimmt nicht verkneifen können. Bis auf den Kommentar habe ich das dann auch so gemacht. Aber für heute hatten wir genug, und gingen auf direktem Weg zurück.

Gegen halb sechs kamen wir wieder am Campingplatz an. Mittlerweile machte sich bei uns beiden ein spürbares Hungergefühl bemerkbar. Schnurstracks steuerten wir den Wohnwagen an, ein für die damaligen Verhältnisse edles Luxusteil. Er war für vier Personen ausgelegt. Gleich nach dem Eingang waren auf der linken Seite zwei Stockbetten. Der gesamte Wohnbereich war auf der anderen Seite. Zuerst kam der Küchenblock mit Herd, Spüle und Kühlschrank. Gegenüber der Sitzbereich und hinten auf der rechten Seite der Waschbereich mit Nasszelle und Toilette. Die ganze linke hintere Seite war eine große Spielwiese! Ein komfortabler Schlafbereich für zwei Personen und einer riesengroßen Matratze.

Für unsere Bedürfnisse waren wir mehr als ausreichend ausgerüstet. Der Hunger war gleich gestillt, eine Dose Ravioli hatte unsere Mägen schnell zufriedengestellt. Ravioli waren sehr beliebt unter uns jugendlichen, sozusagen das Fastfood der 70er, wir hatten genügend davon dabei. Den ganzen Tag war keine Wolke am Himmel, wir setzten uns zufrieden in den Vorgarten. Die Parzellen für Dauercamper hatten schöne Grünflächen, die unterschiedlich gestaltet waren. Unser direkter Nachbar hatte überall verschiedene Gartenzwerge bei sich aufgestellt. Ich fand das ziemlich daneben, und war froh, dass Sinas Eltern keine solche Vorlieben hatten. Sie hatten den Dauercamper Platz schon jahrelang, daher kannte der Nachbarn Sina gut. Jetzt aber war Sina zum ersten Mal alleine mit ihrem langhaarigen Freund hier. Das war natürlich interessant für unseren Nachbar, und er verwickelte uns in ein Gespräch. Dickbäuchig, oberkörperfrei, mit kurzen Hosen und Sandalen stand er am Zaun, der jede der Parzellen begrenzte. Dazu hatte er lange Kniestrümpfe an, diese Aufmachung ließ alle Alarmsignale bei mir klingeln. Es erinnerte mich stark an meinen Vater und seine Spießgesellen. Neugierig versuchte er, uns auszufragen, ich hielt mich aber bedeckt und überließ es Sina, ihm zu antworten. Aber im Grunde war er sehr nett freundlich, und ich lernte ihn im Laufe der nächsten Tage als angenehmen Zeitgenossen kennen.

Nachdem sein Wissendurst gestillt war, zogen wir uns aber schnell wieder zurück. Sina breitete vor dem Wohnwagen eine Decke aus, von der aus wir die langsam untergehende Sonne beobachteten. Aus einem im Moment nicht nachvollziehbarem Grund waren wir beide nervös. Übermütig begannen wir uns zu necken, machten Faxen und redeten einen Quatsch zusammen. Ich glaube, wir waren furchtbar albern, aber wir waren sehr gerne albern. Wahrscheinlich überspielten wir damit die Aufregung vor unserer ersten gemeinsamen Nacht. In diesem Stil ging das weiter, bis die Sonne nur noch einen letzten rötlichen Schein über die Berge warf, und wir uns leicht erschöpft in die Arme fielen. Für wenige Minuten waren wir beide still, mit offenen Augen träumten wir vor uns hin.

Sinas leise Stimme unterbrach diese Ruhe. „Cat ich möchte heute mit dir schlafen" Diesmal war ich nicht unvorbereitet. Als es klar war, dass wir einige Zeit ganz für uns allein in einem Wohnwagen zubringen würden, dachte ich oft und intensiv darüber nach und wünschte es mir sehr. Ich drückte sie fest an mich und hauchte ihr ins Ohr „Ich möchte es heute auch". Sie lächelte feinsinnig, ganz entgegen ihrem sonstigen lauten Lachen und sagte „Weißt du, sonst hatte ich immer eine große Klappe, wenn wir darüber geredet haben. Aber jetzt bin ich doch sehr aufgeregt" „Was glaubst du, was ich bin, ich bin nicht aufgeregt, ich bin völlig durch den Wind. Aber mach dir keine Sorgen, ich bin ganz vorsichtig, das verspreche ich dir". Sie zog mich zu sich heran, und küsste mich hingebungsvoll. Das nächste, das sie sagte, dämpfte meine Aufregung gewaltig. „Du musst nicht so ein Gummiding benutzen, ich habe *Patentex Oval besorgt".

*Patentex oval ist ein Verhütungsmittel, das in die Scheide eingeführt wird. Es schmilzt bei Körpertemperatur und entwickelt einen feinen, dichten Schaum, in dem der Wirkstoff fein verteilt ist. Der Schaum mit dem Wirkstoff hemmt die Bewegung der Samenfäden, zusätzlich wird eine Schaumbarriere aufgebaut, die das Eindringen des Samens in die Gebärmutter verhindert

Diese Nachricht nahm ich mit großer Erleichterung zur Kenntnis. Ich hatte mir vorsorglich Kondome besorgt. Der Gedanke so einen Gummilappen über mein bestes Stück ziehen zu müssen, war aber alles andere als berauschend. Man sollte hier erwähnen, dass Aids in dieser Zeit noch keine Rolle spielte. Aus heutiger Sicht ein glücklicher und beneidenswerter Umstand, wie ich finde. Wir saßen noch eine kurze Zeit vor dem Wohnwagen.

Heute aber war ich der Mutige, ich nahm sie bei der Hand und wir verschwanden im Wohnwagen. Wir nutzten keine der künstlichen Lichtquellen, ich zündete lediglich eine dicke Kerze an. Danach startete ich den Kassettenrecorder, den ich vorausschauend mit der Kassette von Sinas Lieblingsplatte à l' Olympia bestückt hatte. Unter den unnachahmlichen Klängen von ALAN STIVELL begannen wir uns gegenseitig auszuziehen. Nackt lagen wir nebeneinander und schauten uns lange in die Augen. Wir hatten die ganze Nacht Zeit, also bestand kein Anlass zur Eile. Ich bewunderte Sinas makellosen Körper, augenblicklich waren meine Gefühle in hohem Maße sensibilisiert. Die Schöpfung hat es gut gemeint mit den Frauen, ich beneidete sie für ihre schönen Körper.

Plötzlich musste ich an Helga, das deftige Bauernmädchen aus unserer Klasse, denken. Sie war auch eine Frau, und ich wollte mir nicht vorstellen, wie sie nackt aussah. Sofort verdrängte ich alle unsinnigen Gedanken und konzentrierte mich auf jetzt und heute. Zärtlich streichelte ich Sinas Bauch. Das war die Stelle, bei der ich sofort eine **aphrodisierende** Wirkung bei ihr spüren konnte. Von da aus eroberte ich mit meinen Fingern ihren ganzen Körper, gleichzeitig küsste ich ungehemmt die Brustwarzen ihrer süßen kleinen Brüste. Glücklich registrierte ich Sinas leises Stöhnen, das mir signalisierte, dass alles an meiner Vorgehensweise richtig war. Sie krallte ihre Hände in mein Haar und fuhr dann mit einer Hand routiniert an meinem Körper entlang, bis zu der Stelle, an der ich am empfänglichsten für ihre Berührungen war. Ich hatte kein Zeitgefühl mehr, keine Ahnung wie lange wir uns auf diese Weise gegenseitig in die totale Ekstase trieben.

Ineinander verschlungen, nutzten wir denn ganzen Platz der großen Matratze. Dann passierte es fast ganz von alleine, Sina half nur ganz leicht nach. Ich war vorsichtig, besser gesagt, ich war über alle Maßen vorsichtig. Sina verkniff ganz kurz ihr Gesicht, dann aber spürte ich an ihren rhythmischen Bewegungen, dass sie es genauso, wie ich genießen konnte.

Im Hintergrund lief gerade Persephone von WISHBONE ASH. Jeder, der den Song kennt, kann sich bestimmt vorstellen, wie sehr er unsere Emotionen in diesem Moment verstärkte. Es dauerte bei mir länger, als ich befürchtet hatte, aber leider nicht so lange, wie ich gehofft hatte. Völlig außer Atem und total glücklich lagen wir uns in den Armen. Ich legte mich neben sie, wieder hatte keiner von uns das Bedürfnis etwas zu sagen. Dann kuschelte sich Sina an meine Brust, und schlief kurze Zeit später in dieser Stellung ein. Ich lag noch einige Zeit wach, meine Augen konnten nicht von ihr lassen. Sie schlief mit einem so seligen Gesicht, das zu sehen, bescherte mir eine große Zufriedenheit. Bevor ich kurze Zeit ebenfalls einschlief, huschte mir noch ein Gedanke durch den Kopf. Zum Glück wurde meine Hebamme rechtzeitig aus den Schneemassen befreit. Meine Mutter hatte mir die Geschichte über den Ablauf meiner Geburt erzählt, als ich zehn Jahre alt war. Warum musste ich gerade in diesem Moment daran denken? Es war eine dieser Überraschungen, die mir mein Gehirn immer wieder bescherte.

Am nächsten Morgen wachte ich kurz nach sieben Uhr auf. Meine innere Uhr hatte vorzüglich funktioniert, denn ab sieben Uhr gab es frische Brötchen am Kiosk des Campingplatzes. Sina schlief noch ganz fest, ich beeilte mich, ich wollte sie mit dem Frühstück überraschen. T-Shirt und Jeans waren schnell angezogen, und so war ich keine fünf Minuten später auf dem Weg zum Kiosk. Geistig noch nicht ganz auf der Höhe, hörte ich auf einmal jemand, der laut in meine Richtung rief. „Guten Morgen, mein Bester, habt ihr gut geschlafen"

Der Nachbar, mit dem wir uns gestern unterhalten hatten, stand hinter dem Zaun und machte ein überaus freudiges Gesicht. Dabei zwinkerte er mir mit einem Auge zu, als ob er genau wüsste, was heute Nacht passiert war. Etwas perplex murmelte ich ebenfalls einen guten Morgen, und ja sehr gut geschlafen in seine Richtung. Heute Morgen wollte ich in kein Gespräch verwickelt werden, ich war ganz auf Frühstück und Sina konzentriert und wollte unbedingt zurück sein, bevor sie aufgewachte. Die Frau des Nachbars befreite mich aus dieser Situation. Mit energischem Ton rief sie aus dem Fenster „Karl, lass die jungen Leute wenigstens am Morgen in Ruhe".

Schlagartig veränderte sich seine Miene, er machte ein bedröppeltes Gesicht und verzog sich in sein Heim. Schleunigst machte ich mich weiter auf den Weg zum Kiosk. Dort angekommen stand ich sofort auf dem Präsentierteller. Jeder wusste Bescheid über mich „Du bist doch der Freund von Sina, das ist aber schön, dass du die Brötchen holst". hörte ich jemand aus dem Pulk der anstehenden Dauercamper sagen. Ich war ganz durcheinander, so wie sie mich anschauten, meinte ich, dass hier auch alle wüssten, was für eine großartige Nacht ich erleben durfte. Ich muss einen ziemlich verlegenen Eindruck gemacht haben, denn die meisten standen schmunzelnd vor mir und machten zweideutige Bemerkungen. Die Verkäuferin des Kiosks erkannte, dass ich mich unwohl fühlte, und sagte „Hört auf, ihr seht doch, dass er für eure Späße keine Zeit hat, komm her, du kommst gleich dran, dann kannst du schnell wieder zurück". Dieses Angebot nahm ich gerne an. Als ich mich auf den Rückweg machte, hörte ich sie noch sagen „Ihr seid unmöglich, und außerdem wart doch auch alle mal jung". Um es vorweg zu nehmen, mein allmorgendlicher Gang zum Kiosk wurde in den nächsten Tagen entspannter. Die meisten schmunzelnden immer, wenn ich kam. Aber es war eine freundliche Atmosphäre, und ich konnte nach kurzer Zeit gut damit umgehen.

Am Wohnwagen angekommen, öffnete ich ganz leise die Türe und hoffte, dass Sina noch schlief, was zu meiner Freude der Fall war. Ich bewegte mich auf Zehenspitzen und versuchte so still wie möglich, das Frühstück herzurichten. Kaffee tranken wir beide damals noch nicht, unser Frühstücksgetränk war Orangensaft. Begeistert entdeckte ich auf dem Küchenschrank ein Betttablett. Sofort bestückte ich das gute Teil mit allem was zu einem Frühstück gehört. Orangensaft, Brötchen, Butter, Marmelade, *Käptn Nuss und zwei gekochte Eier. Als ich vorsichtig mit dem Tablett ans Bett ging, war Sina schon wach. In einem innen offenen Wohnwagen ist es nahezu unmöglich, weiter zu schlafen, wenn jemand anderes zu Gange ist. Sie hatte mich beobachtet, aber bewusst nichts gesagt. Jetzt war sie total gerührt über mein bestücktes Frühstückstablett. Ich stellte es über sie ins Bett, gab ihr einen Kuss und sagte zu ihr „Guten Morgen, mein Liebling, ich hoffe du hast Hunger". Sie lächelte verlegen und antwortete „Ja, Cat, ich habe großen Hunger". Ich setzte mich auf den Rand der Matratze und schaute genüsslich dabei zu, wie sie ihr Brötchen dick mit Käptn Nuss bestrich.

Dabei vergaß ich fast selber, etwas zu essen, schnell schmierte ich mir ein Marmeladebrötchen und verdrückte es gleich. Ihr Mund war mit Käptn Nuss verschmiert, was wir zum Anlass nahmen, wieder ein bisschen rumzualbern. Die Eier waren mir leider misslungen, sie waren hartgekocht. Sina ließ sich aber nichts anmerken, es war eine wahre Freude zu sehen, welchen Appetit sie heute Morgen an den Tag legte. Sie hatte die Decke halb hochgezogen, so dass ihr Bauchnabel gerade noch zu sehen war. Meine Sinne waren sofort hellwach, ich konnte nicht anders, ich musste ihn mit meiner Zunge erkunden. Ihre Haut war so zart und roch so angenehm betörend, dass meine Fantasie sofort Fahrt auf nahm.

* **Nuss Nougat Creme in den 70ern, Vorläufer von Nutella**

Langsam und vorsichtig erweiterte ich meine Erkundungsfahrt in die unteren Regionen ihres wunderbaren Körpers. Bis jetzt hatte sie sich nicht vom frühstücken ablenken lassen, doch nun stellte sie ihr Glas Orangensaft auf das Tablett und sagte „Cat was machst du" „Soll ich aufhören" fragte ich vorsichtig. „Nein auf keinen Fall, aber stell bitte das Tablett auf die Seite", was ich sofort erledigte. Gleich danach befasste ich mich wieder mit ihrem magischen Dreieck. Sie vergrub stöhnend ihr Gesicht im Kissen. Für mich war es außerordentlich erregend, sie dabei zu beobachten. Meine Kenntnisse über die Anatomie der Frauen waren sicher noch verbesserungswürdig, aber alles, was ich darüber wusste, ließ ich mit totaler Hingabe in meine Handlungen einfließen. Sie kam tatsächlich zum Höhepunkt, ihr ganzer Körper zitterte, und ich hatte den Eindruck dass sie völlig die Kontrolle verloren hatte. Das gelang mir mit purer Leidenschaftlichkeit. Ich empfand das noch erotischer, als das, was ich heute Nacht erlebt hatte. Ich konnte mir den Eindruck, nicht erwehren, dass Sina gerade auch mehr davon hatte.

Nachdem sie wieder halbwegs bei Sinnen war, sagte sie „Du machst mich total verrückt, willst du, dass ich süchtig nach dir werde" „Das wäre eine schöne Sache für mich" antwortete ich ihr. Sie wollte noch eine Weile liegen bleiben. Ich bestärkte sie so lange liegenzubleiben, wie sie wollte. Ich war in einer absoluten Hochstimmung, der Tag hatte grandios begonnen. Zufrieden setzte ich mich in einen vor dem Wohnwagen stehenden Stuhl und beobachtete unseren Nachbar Karl, wie er seine Gartenzwerge polierte. Was für ein Kontrastprogramm, ich musste mich stark zusammennehmen, um nicht lauthals zu lachen.

Nach etwa einer halben Stunde kam Sina raus, wir gingen erst einmal gemeinsam zu den Waschräumen des Campingplatzes. Diese waren keine zwei Minuten von unserem Wohnwagen entfernt. Es war einfacher und bequemer, die Sanitären Anlagen zu benutzen, als die enge Einrichtung des Wohnwagens. Ich war wesentlich schneller fertig als Sina und ging langsam zurück in Richtung Wohnwagen.

Karl stand wieder am Zaun, ich hatte den Eindruck, dass er mich abpasste. Eigentlich wollte ich mit Sina so schnell wie möglich ins Freibad. Heute früh wurde ich aber zum ersten Mal mit der Tatsache konfrontiert, dass die Verweildauer der Frauen im Bad, ein nicht zu berechenbarer Zeitfaktor sein konnte. So gesellte ich mich zu unserem freundlichen Nachbarn und ließ mich auf ein Gespräch mit ihm ein. Mit Wehmut in seiner Stimme erzählte er mir, dass er früher mit seiner Frau viel unternommen hatte, und dass es eine schöne Zeit war. Aber seit einigen Jahren würde sie nur noch an ihm herumnörgeln, und seit er im Ruhestand ist, wäre alles noch schlimmer geworden. „Ja Jungelchen, so schön, wie es am Anfang mit der Liebe ist, bleibt es im Laufe einer Ehe meistens nicht" erklärte er mir mit traurigen Augen.

Ich hörte ihm aufmerksam zu und dachte gleichzeitig, mit Sina würde mir das bestimmt nicht passieren. Oder doch? Es kam mir vor, als ob er mich vorwarnen wollte. Sein sonst so freundlicher Gesichtsausdruck verwandelte sich in eine ernste Miene, als wollte er mir sagen, ich solle das nicht auf die leichte Schulter nehmen. Dann sah ich Sina vom Waschraum zurückkommen, sie war so schön und strahlte übers ganze Gesicht. Nein, auf gar keinen Fall würde sich Sina mir gegenüber so verändern, da war ich mir absolut sicher. Ohne uns lange aufzuhalten, machten wir uns auf den Weg zum Freibad.

Das Wetter war die ganze Woche über super, so hatte sich an den folgenden Tagen unser Ablauf nur wenig geändert. Bisher wurden sind wir morgens zeitgleich wach. Ich holte weiterhin die Brötchen, aber Sina ließ es sich nicht nehmen und bereitete in der Zwischenzeit den Rest des Frühstücks vor. Sie hatte mit ihren Eltern besprochen, dass sie sich alle paar Tage telefonisch bei ihnen meldete. Am Freitagmorgen wollte sie sich zum ersten Mal melden. Außerdem nahm sie sich vor auch noch Silke anzurufen. Die Telefonzelle stand direkt vor dem Campingplatz. Ich ließ sie alleine gehen und beschäftigte mich mit dem Abwasch. Vom vergangenen Abend stand das benutzte Geschirr auch noch in der Spüle.

Zuhause hätte ich das nie freiwillig gemacht, aber hier drängte ich mich geradezu auf. Es war keine große Sache, das bisschen Geschirr, das wir benötigten, war ruck zuck gespült und aufgeräumt.

Währenddessen ließ ich die ersten drei Tage nochmal in meinem Kopf Revue passieren. Wir hatten seit Dienstag jede Nacht miteinander geschlafen. Gestern sogar zweimal, morgens und abends, ich hatte nicht vor, an diesem Ablauf etwas zu ändern. Gestern Morgen ging die Initiative eindeutig von Sina aus, also dachte ich mir, dass sie daran bestimmt auch nichts verändern wollte. Für mich war aber ganz klar, dass das Verlangen nach Sex immer bei beiden vorhanden sein musste. Ich würde Sina nie bedrängen, wenn sie keine Lust dazu hätte. Mir würde das dann keinen Spaß machen, diese totale Hingabe und den Rausch der Gefühle kann man nur erleben, wenn beide Lust dabei empfinden. Da war ich mir absolut sicher. Nach ungefähr einer halben Stunde kam sie wieder zurück. Sie erzählte mir, dass ihre Eltern am morgigen Samstag zu Besuch kämen Michi und Silke würden sie auch mitbringen. Alle vier würden aber abends wieder nach Hause fahren. Eine in jeder Hinsicht schöne Nachricht. Ich hatte mir schon vorgestellt, wie das ablaufen sollte, wenn ihre Eltern übers Wochenende hier geblieben wären. Ich zusammen mit Sina und ihren Eltern über Nacht in einem Wohnwagen war keine prickelnde Vorstellung. Aber ich konnte die Gedanken gleich wieder beiseiteschieben, es kam ja nicht dazu. Michi und Silke zu sehen, war aber eine große Freude für uns. Wir waren immer noch eng befreundet und wünschten uns, dass es noch lange so bliebe.

Um 11.00 Uhr am nächsten Tag trafen sie bei uns am Campingplatz ein. Silke und Sina vielen sich freudenstrahlend in die Arme, Michi begrüßte mich mit einem „Hallo, Cat, alles klar wie geht's" Wie immer beschränkte er sich darauf, nur die notwendigsten Wörter zu gebrauchen. Sinas Eltern begrüßte ich per Handschlag, den guten Eindruck, den sie von mir hatten, wollte ich auf alle Fälle erhalten. Sinas Vater hatte seine komplette Grillausrüstung dabei.

Gegen Nachmittag wollte er uns alle mit gegrillten Köstlichkeiten verwöhnen. Seine Frau begutachtete zuerst den Wohnwagen. In weiser Voraussicht hatten wir gut aufgeräumt. Vor allem unser Liebesnest ganz unscheinbar gerichtet. Nichts deutete auf unsere nächtlichen Liebesabenteuer hin. Sie hatte aber wieder ihren mir wohlbekannten skeptischen Blick aufgesetzt. Ich sah ihr an, dass sie der Sache nicht so recht traute. Sina hatte mir vor kurzem erzählt, dass ihre Mutter sie gefragt hätte, ob sie schon mit mir geschlafen habe. Als Sina das verneinte, führten die zwei ein intensives Frauengespräch, und sie beschwor Sina, bloß gut aufzupassen, wenn es doch passieren sollte. Michi brachte mich schlagartig auf andere Gedanken, er hatte mir eine Zeitschrift mitgebracht. Darin war ein Bericht über Francisco Marinho enthalten, ich setzte mich in den Campingstuhl und begann sofort zu lesen. Dort stand das Francisco Marinho in Kürze seine langjährige Verlobte heiraten würde. Die weiße Hexe heiratet! So eine Nachricht hatte ich ganz und gar nicht erwartet. Doch vielleicht war seine Verlobte auch so einen großartiges Mädchen wie Sina. Dann könnte ich das wiederum voll und ganz nachvollziehen.

Sinas Eltern begrüßten unsern Nachbarn Karl und seine Frau, daraus entwickelte sich ein ausführliches Gespräch. Wir nutzten wieder das tolle Wetter, gingen mit Michi und Silke ins Freibad. Silke und Sina hingen die ganze Zeit zusammen. Nach einer Stunde sah ich Silke an, dass sie vollkommen unterrichtet war. Wenn unsere Blicke sich trafen, meinte ich, ihre Gedanken lesen zu können, dabei grinste sie die ganze Zeit. Ich hatte damit aber kein Problem, warum auch, ich fühlte mich gut dabei. Gegen 16.00 Uhr machten wir uns hungrig auf den Weg in Richtung Wohnwagen.

Sinas Vater war vollkommen in seinem Element. Ausgerüstet mit einer Grillschürze, stand er voll konzentriert vor dem Grill und wendete immer wieder Fleisch und Würste. Sie hatten Karl und seine Frau dazu eingeladen, die zusammen mit Sinas Mutter einige Salate zubereiteten.

Mir lief das Wasser im Mund zusammen, bis jetzt hatte es bei uns zweimal Ravioli und einmal Linsen aus der Dose gegeben. Wir saßen alle an einem großen Tisch und ließen es uns schmecken, Karl führte die ganze Zeit das Wort. Er lobte uns in den höchsten Tönen, wie guterzogenen wir wären und dass Sinas Eltern sich keine Sorgen machen müssten, er würde immer aufpassen, dass uns nichts geschehe. Ohne Probleme verputzte ich zwei Stücke Fleisch und zwei Würste, was Sinas Mutter zu der Aussage verleitete „Du hast aber einen großen Hunger, hast du dich so ausgetobt" Wie durfte ich das jetzt wieder verstehen? Bevor ich was sagen konnte, trat mir Sina auf den Fuß. Mir war sofort klar was sie damit meinte, so in die Enge getrieben, verhaspelte ich mich meistens.

Also hielt ich meine Klappe und versuchte, einen völlig entspannten Eindruck zu machen. Es war ein kurzweiliger schöner Abend, um 21.00 machten sie sich wieder auf den Heimweg. Nächste Woche am Samstag wollte Sinas Vater uns wieder abholen. Eine ganze gemeinsame Woche hatten wir noch vor uns. Silke umarmte mich zum Abschied fest und flüsterte mir ins Ohr „Tschüss, Cat, ich beneide euch" Als ich das Funkeln in ihren Augen sah, war alles klar, sie wusste alles. Wir winkten ihnen zum Abschied hinterher, Karl, der ein paar Schnäpse zu viel getrunken hatte, wurde von seiner Frau in sein Domizil geleitet. Sina schaute mich an und sagte „Und was machen wir jetzt" „Auf was hast du Lust" antwortete ich ihr. Sie lächelte „Was glaubst du, hat mir Silke mitgebracht" Sie öffnete ihre Sporttasche mit den Badeklamotten, darin befanden sich drei Päckchen Patentex Oval. „Wenn wir so weitermachen, hätte mein Vorrat niemals gereicht" Mein Mädchen, ich war sprachlos. Sie nahm meine Hand und wir verschwanden im Wohnwagen.

Die nächsten Tage verschlechterte sich das Wetter und unsere Freibadbesuche fielen sprichwörtlich ins Wasser. Langeweile kehrte deshalb aber nicht ein. Ich konnte mich mit Sina über alles Mögliche unterhalten, allerdings war ich es, der die meiste Zeit redete.

Sie hörte immer aufmerksam zu, in vielen Dingen waren wir einer Meinung. Aber meine Begeisterung für die Prog Rock oder Psychedelic Rock Bands konnte sie nicht nachvollziehen. In der Schwärmerei für die Musik im Allgemeinen waren wir uns aber durchaus ähnlich. ALAN STIVELL hatte sie ganz neu für sich entdeckt, ansonsten stand sie total auf CAT STEVENS. Im Moment war der aktuelle Hit von TERRY JACKS, Seasons In The Sun ganz oben in ihrer Gunst. Bei den zwei erstgenannten stimmten wir überein. Ab und zu verirrte sich auch ein Lied von MICHAEL HOLM, oder CHRIS ROBERTS auf eine von ihr aufgenommene Kassette. Aber das war Ok, ich konnte damit leben.

Politik war seither überhaupt kein Thema, dafür waren wir einfach noch nicht reif genug. Doch der Rücktritt von Bundeskanzler Willy Brandt am 6. Mai dieses Jahres war noch ganz aktuell. Irgendwie kamen wir dadurch auf dieses Thema. Mir zumindest waren Politiker in höchstem Maße suspekt, Sina hatte dazu eine zurückhaltende Meinung. Willy Brandt fanden wir aber beide ganz Ok, Auf uns machte er, im Gegensatz zu den anderen Politikern, einen verständnisvollen und ehrlichen Eindruck. Die Tatsache, dass wir beide aus einem Sozialdemokratischen Elternhaus kamen, mag da vielleicht unsere Meinung beeinflusst haben. Sein Kniefall von Warschau 1970 beindruckte uns in besonders hohem Maß. 1970 waren wir noch viel zu jung, um das Ereignis auch nur annähernd einordnen zu können. Der Unterricht in Geschichte hörte in der letzten Klasse beim ersten Weltkrieg auf. Da lernten wir hauptsächlich, welche Gebiete Deutschland danach abtreten musste.

Vom zweiten Weltkrieg wurde uns in der Schule überhaupt nichts vermittelt. Ich wusste, dass Deutschland den Krieg, den es angezettelt hatte, verlor. Dass ein gewisser Adolf Hitler und die Nationalsozialisten dafür verantwortlich waren, war mir auch bekannt. Aber sonst nichts, wenn ich etwas im Fernsehen aufschnappte und bei meinen Eltern nachfragte, hatte ich immer den Eindruck, dass sie mir nur das Nötigste sagten.

Erklärungen gab es keine, aber vor ungefähr einem Jahr bekam ich ein Buch über das Vernichtungslager Ausschwitz in die Hände. Mein Interesse für Geschichte bewog mich gleich dazu, es sofort zu lesen. Sina hatte es nach mir auch gelesen, was uns da vermittelt wurde, konnten wir in keinster Weise verstehen, geschweige denn, uns vorstellen. Dass unser Land für diesen industrialisierten Völkermord verantwortlich war, war für uns einfach unfassbar. Wir empfanden nur Abscheu und Ekel, was uns aber nicht daran hinderte, uns wenigsten ein Mindestmaß an Hintergrundwissen anzueignen. Geschichte musste ich nicht lernen, Geschichte saugte ich auf und speicherte es gleichzeitig dauerhaft ab. Geschichte war übrigens das einzige Fach in dem ich eine bessere Note hatte als Sina. Ich las dann alles über den Holocaust, was mir in die Finger kam. Als Sina merkte, dass ich mich intensiv damit beschäftigte, wollte sie mehr erfahren, und wir haben uns oft darüber unterhalten. Geschichte war sonst nicht ihr Ding, dass ich jetzt ihr etwas vermitteln konnte, war es eine schöne Erfahrung für mich. Deshalb konnten wir heute den Kniefall von Warschau richtig einordnen und absolut verstehen. Wir waren dankbar, dass Willy Brandt diesen schweren Weg für uns gegangen war. Wir hätten es gerne gesehen, wenn er weiter unser Kanzler geblieben wäre.

Jetzt sah ich aber auch die ganze RAF Geschichte in einem ganz anderen Licht. Was die RAF eigentlich erreichen wollte, hatte ich nicht begriffen. Ich wusste nur, dass viele der alten Nazis in unserem Staat wieder an verantwortlichen Stellen saßen, und die RAF mit harten Bandagen gegen den Staat ankämpfte. Eine unterschwellige Sympathie verspürte ich schon länger, das wusste auch Sina. Jetzt in unserem Wohnwagen war ich dabei die RAF zu glorifizieren, daraus entwickelte sich eine rege Diskussion. Sina verstand meine Denkweise überhaupt nicht. Ok, die Altnazis waren eine schlimme Sache, das sah sie genauso. Aber sie konnte keinen Zusammenhang erkennen und vor allem die Handlungsweise der RAF war für sie absolut nicht zu akzeptieren.

Dass ich für Leute, die für so schwere Straftaten verantwortlich waren, eine Sympathie empfand, beunruhigte sie sehr. Meine fadenscheinigen und wenig fundierten Argumente überzeugten sie in keinster Weise. Zuletzt appellierte sie an meine Einstellung. „Ausgerechnet du, dessen sehnlichster Wunsch nichts anderes als eine harmonische und friedliche Welt ist, sympathisiert mit diesen Leuten. Wie oft hast du mir gesagt, dass Gewalt keine Lösung ist. Und wie oft hast du nicht nur gesagt, sondern mir auch gezeigt, dass das höchste Gut eines Menschen darin besteht, Liebe zu geben. Ich verstehe dich nicht, erkläre mir das bitte" Puh, da lösten sich alle meine Argumente in Schall und Rauch auf. Ich kam mir so klein und schäbig vor. Etwas unsicher nahm ich sie in den Arm. „Du hast mit allem recht, verzeih mir, ich weiß auch nicht, was manchmal in mir vorgeht".

Die folgende Nacht war die intensivste, die wir im Wohnwagen erlebten. Mittlerweile hatten wir genug Erfahrung gesammelt, und wir lebten unsere sexuelle Fantasie vollkommen aus. Die Außenwelt war komplett ausgeschaltet, wenn jemand den Wohnwagen fortgefahren hätte, wir hätten es nicht bemerkt. Sie hatte so recht, was ging nur in meinem Kopf vor. Ja, ich wollte ihr alle meine Liebe geben, und ich wollte Liebe empfangen. Sina war nicht zu bremsen, sie übernahm komplett die Initiative. Nicht die Hauptrolle zu spielen, war eine total erregende Sache. Sina war derart auf meinen besten Freund fixiert, oder besser gesagt vernarrt, ich konnte mich nur noch ins Kissen fallen lassen und die Augen schließen. Der Zufall war auch auf unserer Seite, der Kassettenrecorder spielte genau zur richtigen Zeit, Angie von den ROLLING STONES unser Lied für immer, und danach Stairway To Heaven. Diese zwei Songs hatte ich bewusst hintereinander aufgenommen. Diese Musik, jetzt in diesem Moment, katapultierte mich in eine Welt der totalen Hingabe. Ich fühlte mich wie ein Stück Holz inmitten eines Wasserfalls, hin und her gerissen, und einer überirdischen Macht hilflos ausgeliefert. Wir waren gierig, wir waren jung, diese Nacht toppte alles, was wir bisher erlebt hatten.

Als wir uns sehr spät völlig erschöpft in die Arme nahmen, vergingen keine zwei Minuten und wir fielen in einen tiefen Schlaf.

Gegen Mitte der Woche verbesserte sich das Wetter wieder, es war immer noch bewölkt, aber zumindest blieb es trocken. Ungefähr drei Kilometer entfernt von Bad Liebenzell liegt das romantische Monbachtal. Sina war mit ihren Eltern schon mehrmals dort. Wenn sie mir von diesem landschaftlichen Kleinod erzählte, lag etwas Geheimnisvolles in ihrer Stimme. Meine Neugier war geweckt, und so beschlossen wir einen Wandertag einzulegen. Gleich nach dem Frühstück machten wir uns auf den Weg. Nach zirka 45 Minuten kamen wir an einem alten Bahnwärterhaus vorbei, gleich danach begann das Tal, und der Weg wird zum Pfad. Sina hatte nicht zu viel versprochen, eine urwüchsige Natur begann sogleich meine Fantasie anzuregen. Der Pfad verlief entlang eines Baches. Vorbei an moosbewachsene Steinen und umgestürzten Baumstämmen und das feuchtes Klima erinnerte mich an einen Urwald. In meiner Vorstellung war das ein Ort für Elfen und Trolle, ich wartete förmlich, dass eines dieser Wesen hinter einem der dicken Baumstämme hervorsprang. Jetzt wäre es großartig LED ZEPPELINS Battle Of Evermore zu hören. Dieser Song würde Perfekt zu dieser mystischen Landschaft passen.

Immer tiefer führte uns der Pfad hinein in die wilde Vegetation. Nach einer Steigung lichtete sich das Blattwerk der alten Bäume und vor uns lag eine große Wiese mit einem Rastplatz. Hier war der ideale Platz, um ein wenig auszuruhen und eine Kleinigkeit zu essen. Vorsorglich hatte ich ein paar belegte Brötchen und etwas zu trinken in meinen alten Rucksack gepackt. Wir saßen ganz alleine inmitten dieser Idylle, man hörte nur Vogelgezwitscher und das Plätschern des Baches. Alles war harmonisch, wir waren fröhlich und zufrieden. Was dann wieder in meinem Kopf vorging, war mir rätselhaft, ich begann zu grübeln, und dachte, wie die Zukunft für uns beide wohl aussehen würde.

Ich hätte besser meinen Mund gehalten, aber ich fragte Sina „Weißt du, ich überlege oft, wie es denn weitergeht mit uns, wenn ich meine Lehre beginne und du weiter auf die Schule gehst. Und was passiert danach?" Sinas Gesicht veränderte sich schlagartig. In einem giftigen Ton antwortete sie „Cat, was soll das, warum fängst du jetzt davon an" „Ich weiß auch nicht, ich kann nichts dafür, es beschäftigt mich halt" „Du bist so ein lieber Mensch, aber manchmal hast du die Gabe, zur falschen Zeit das Unpassendste zu sagen" „Warum ist es denn so schlimm, wenn ich mir Gedanken mache" „Ich habe nicht gesagt, dass es schlimm ist, es ist nur der falsche Zeitpunkt. Wir hätten genug Zeit gehabt, darüber zu reden, wenn wir wieder zuhause sind" „Wieso was soll das heißen" „Mann, Cat, sei doch nicht so naiv, weißt du wie lange mich das schon im Unterbewusstsein plagt" Das Leuchten in ihren Augen, das mich alle Tage, seit wir hier waren entzückte, war weg. Ihr Blick wurde ernst. Mit einer spürbaren Niedergeschlagenheit in ihrer Stimme sagte sie „Ok, vielleicht ist es auch gut, jetzt darüber zu reden. Ich gehe zwei Jahre auf diese Berufsfachschule, und danach, das weißt du, möchte ich eine Ausbildung zur Flugbegleiterin für interkontinentale Strecken beginnen. Das heißt, ich werde mit ziemlicher Sicherheit meinen Wohnort hier aufgeben" „Das heißt, wir können dann nicht mehr zusammen sein" „Ja, Cat, so wird es wahrscheinlich kommen"

Ich hatte es befürchtet, aber ich wollte es nicht wahrhaben. „Aber vielleicht gibt es doch eine Möglichkeit, wenn wir es wollen, finden wir auch einen Weg" „ Cat bitte hör auf jetzt, du bist ein Träumer, ein Idealist. Ich liebe dich, so wie du bist und beneide dich für diese Eigenschaften. Aber wir bleiben nicht für immer so jung und unbekümmert. Das Leben geht weiter. Manchmal ist der Weg schmerzhaft, den man gehen muss. Lass uns bitte aufhören, jetzt weiter darüber zu sprechen" Ich brachte sowieso kein Wort mehr heraus, wir machten uns auf den Heimweg, sprachen aber dabei nichts miteinander.

Erst am Wohnwagen fanden wir allmählich wieder zur Normalität zurück, doch die Stimmung war deutlich getrübt. Dies war auch die einzige Nacht, in der wir nicht miteinander schliefen. Ich lag fast die ganze Nacht wach neben Sina und versuchte krampfhaft, unser Gespräch und meine Gedanken zu verdrängen. Irgendwann schlief ich doch ein. Am Morgen wurde ich von Sinas Aktivitäten in der Küche geweckt. Heute hatte sie die Brötchen geholt und war gerade dabei, das Frühstück zu richten. Als sie merkte, dass ich wach war lächelte sie und kam zu mir ans Bett. „Du hast nicht gut geschlafen, das habe ich gemerkt. Lass uns bitte nicht weiter darüber reden, was in der Zukunft passiert. Ich möchte jeden Tag, den ich mit dir habe, voll und ganz genießen". Ich zog sie ins Bett und sagte leise „Für mich ist jeder Tag mit dir ein Geschenk, und ich bin über jeden weiteren dankbar" Die letzten Tage redeten wir nicht mehr über dieses Thema.

Die Sonne zeigte sich wieder von ihrer besten Seite. Die Freibadbesuche halfen dabei, uns abzulenken. Am letzten Abend lud uns Karl zum Essen ein. Seine Frau fragte uns, ob wir einen Wunsch hätten, nach kurzer Überlegung entschieden wir uns für Spagetti Bolognese. Um 18.00 Uhr sollten wir rüberkommen, wir gingen eine halbe Stunde früher und halfen Karl, den Tisch zudecken. Seine Frau blühte richtig auf, sie war ganz und gar nicht so garstig wie Karl mir neulich erzählte. Mit einem Lächeln brachte sie eine riesige Schüssel mit Spagetti an den Tisch, gleich darauf einen Topf randvoll mit Bolognese Soße. „So meine Lieben, jetzt haut nochmal richtig rein, immer dieses Dosenessen kann doch nicht schmecken" Es waren die besten Spagetti, die ich bis dahin in meinem Leben gegessen hatte. Dazu gab es leckeres kühles naturtrübes Bier, das Karl in einer kleinen Brauerei im Nachbarort gekauft hatte. Seither dachte ich immer, dass diese Generation nur eines im Sinn hatte, mir das Leben zu erschweren. Diese zwei aber strahlten eine Herzlichkeit aus, so dass ich meine vorgefertigte Meinung schleunigst überdenken musste. Das Essen war so lecker, wir aßen viel zu viel und konnten uns danach kaum mehr bewegen.

Karl stellte sein obligatorisches Fläschchen Schnaps auf den Tisch und schenkte allen ein Gläschen ein. Weder Sina noch ich machten sich etwas aus Schnaps, aber um dem Anstand zu wahren, tranken wir einen mit. Es wurde ein netter Abend, Karl und seine Frau füllten ihr Schnapsglas ein ums andere Mal. Und in vorgerückter Stunde wurden beide redselig. Sie erzählten uns, dass sie gerne Kinder gehabt hätten, aber leider keine bekommen konnten. Sie freuten sich, mit uns den Abend zu verbringen, und ich sah ihnen an, wie sehr sie darunter litten, keine Kinder zu haben. Ich übernahm mit Sina den Abwasch. Bevor wir uns verabschiedeten, bedankten wir uns für das gute Essen und den schönen Abend. Sie nahmen uns in den Arm und ihre Herzlichkeit war ehrlich, das spürten wir beide.

Als wir kurze Zeit später nebeneinander im Wohnwagen lagen, waren wir beide berührt, und es tat uns leid, dass zwei so nette Menschen kinderlos bleiben mussten. In bester Absicht schaltete ich den Kassettenrecorder ein. Die gefühlvolle Gitarre von CARLOS SANTANA zauberte eine unvergleichliche Atmosphäre in den Raum. Samba Pa Ti vom brillanten 1970 erschienen Album Abraxas, hatte begonnen. Wir umarmten uns fest, es war unsere letzte Nacht im Wohnwagen. Meine Gedanken jagten wie auf einer Achterbahn durch meinen Kopf. Ich konnte nicht einfach so akzeptieren, dass die Zeit, die ich mit Sina noch zusammen sein durfte, begrenzt war. Wenn alles normal verlief, hatten wir noch zwei gemeinsame Jahre vor uns. Es sei denn, es passierte etwas außergewöhnliches, und sie überlegte sich die ganze Sache nochmal. Aber damit konnte ich nicht rechnen, das war mir klar.

Doch kampflos wollte ich Sina nicht aufgeben, das einzige, was ich in die Waagschale werfen konnte, waren Liebe, Zärtlichkeit und absolute Hingabe. Ich wollte ihr die Entscheidung so schwer wie möglich machen. Nach so vielen gemeinsamen Nächten war ich kein Anfänger mehr, ich wusste, wie ich sie an den Rande des Wahnsinns bringen konnte. Ganz vorsichtig startete ich mein Vorhaben, ihr Bauchnabel war wie so oft mein Ausgangspunkt.

Dann eroberte ich mit meiner Zunge ihren ganzen Körper. Hochkonzentriert achtete ich auf jede ihrer Reaktionen, binnen kurzer Zeit hatte ich sie da, wo ich sie haben wollte. Als ich mich dann langsam mit der Zunge von den Knöcheln an aufwärts arbeitete, fing sie regelrecht an zu beben. „Was machst du mit mir, du bist vollkommen verrückt, weißt du das" waren die letzten Worte, die sie sagen konnte. Ich wollte nicht sofort mit ihr schlafen, erst sollte sie mehrmals zum Höhepunkt kommen. Ich kann nicht mehr sagen, wie oft es mir gelungen ist, auf jeden Fall war es mehrere Male. Ihr ganzer Körper zitterte, sie keuchte und schluchzte, und ich spürte, dass sie wieder vollkommen die Kontrolle über sich verloren hatte.

Erst jetzt schlief ich mit ihr, und sie zerkratzte mir mit ihren Fingernägeln den ganzen Rücken, sie merkte es nicht einmal. Mir war es egal, ich war glücklich, sie so zu sehen. Ich hätte das gerne noch länger so fortgeführt, aber so langsam kam ich auch an meine Grenzen. Sie schrie mich an „Cat, ich kann nicht mehr" Ich konnte auch nicht mehr, behielt das aber für mich. Ich weiß nicht, wer das Drehbuch für diese Nacht geschrieben hat, auf jeden Fall endete alles in vollkommener Harmonie, und wir kamen beide gemeinsam zum Höhepunkt. Sie brauchte danach einige Minuten, bis sie wieder ihre Stimme gefunden hatte. Bevor sie etwas sagen konnte, flüsterte ich ihr ins Ohr „Ich will, dass du süchtig nach mir bist, und egal was passiert, du wirst nie jemand anderes finden, der dich so liebt wie ich" Das einzige, was sie sagen konnte, war „Du bist verrückt, du bist total verrückt" Dann schlief sie von einer Sekunde auf die andere in meinen Armen liegend ein.

Seit Samba pa Ti hatte ich nichts mehr mitbekommen von der Musik, die im Hintergrund lief. Ich wollte gerade aufstehen und den Recorder ausschalten, da hörte ich die Stimme von Paul McCartney, und die ersten Töne von Let It Be, dem letzten Hit der BEATLES. War das Zufall, oder war es ein Omen, ich wollte mir jetzt nicht den Kopf darüber zerbrechen. Verträumt hörte ich das schöne Lied bis zu Ende an und legte mich danach zufrieden neben Sina.

Ich nahm mir vor, am Morgen so früh wie möglich aufstehen, es musste noch alles zusammengeräumt und gepackt werden. Soviel war das aber nicht, wenn wir uns ein wenig beeilten, sollten wir in einer Stunde damit fertig sein. Eine Endreinigung des Wohnwagens stand natürlich auch noch an. Sinas Vater wollte gegen 11.00 Uhr da sein, um uns abzuholen, das müsste zu schaffen sein. Um 7.00 wachte ich auf und setzte mich erst mal noch ein bisschen benommen an den Rand der Matratze.

Einige Minuten saß ich so da und bemerkte nicht sofort, dass Sina auch aufgewacht war. Mit einem Mal hörte ich ihre Stimme „Wie siehst du denn aus, was ist denn mit deinem Rücken passiert" Soweit war ich noch nicht, um mir über meinen Rücken Gedanken zu machen. Aber jetzt, als sie mich darauf ansprach, spürte ich schlagartig ein unbehagliches Ziehen. Ich wusste sofort, was sie meinte, drehte mich herum, und sagte zu ihr „Das wundert mich aber schon, dass du mich das fragst" Mit einer Ratlosigkeit im Gesicht, und großen Augen schaute sie mich an. „War ich das? Das glaube ich jetzt nicht. Oh Mann, das ist mir aber peinlich" Lächelnd nahm ich sie in den Arm. „Das muss dir nicht peinlich sein, ich wünsche mir, das ich das noch oft erleben darf" Sie wollte etwas sagen, doch ich kam ihr zuvor. „Sag es nicht" „Was meinst du" „Das was du gerade sagen wolltest, du hast es mir heute Nacht schon mehrmals gesagt" „Was" „Das ich verrückt bin" Sie wurde verlegen, und druckste ein wenig herum. „Ich kann mir beim besten Willen nicht vorstellen, dass das, was ich heute Nacht mit dir erlebt habe, jemals zu toppen ist. Ich spüre meinen ganzen Unterleib, ich glaube ich habe Muskelkater".

Jetzt war ich hellwach, das wollte ich erreichen, ich fühlte mich sauwohl in meiner Haut. Ich sagte zu ihr, sie solle ruhig noch eine Weile liegenbleiben, ich würde solange mit Zusammenpacken anfangen. Als ich aufstand, rief sie mir hinterher „Zieh bitte dein T-Shirt an, nicht, dass Karl dich so sieht, oder mein Vater, wenn er nachher kommt".

Diese Wunden auf meinem Rücken sollten nur ganz langsam verheilen, das wünschte ich mir. Am liebsten wäre es mir, wenn ich dauerhafte Narben davon tragen würde.

Kurz vor 10.00 Uhr hatten wir alles fix und fertig gepackt, die Reinigung war bis auf kleinere Handgriffe auch erledigt. Unser Gepäck stand vor dem Wohnwagen, Karl stand an seinem Zaun und rief uns zu „Na seid ihr schon mit allem fertig" Sofort gingen wir zu ihm rüber, es war für uns ein großes Anliegen, sich bei ihm und seiner Frau herzlich zu verabschieden. Seine Frau kam freudenstrahlend auf uns zu und nahm uns beide in den Arm. Ich erklärte Karl, dass ich seither meistens schlechte Erfahrungen mit Menschen in seinem Alter gemacht habe. Er lachte laut und sagte, dass er von Jungen mit langen Haaren auch keine gute Meinung habe, ich hätte ihn aber eines Besseren belehrt. Wir flachsten noch eine Weile mit ihnen, da kam auch schon Sinas Vater, etwas früher als erwartet. Eine Viertelstunde später war alles eingeladen, Sina drehte noch eine Kontrollrunde im Wohnwagen, schloss ab und gab ihrem Vater den Schlüssel. Als wir langsam Richtung Ausgang fuhren, drehte ich mich nochmal um. Unsere Nachbarn winkten uns hinterher, aber gleichzeitig sah ich mit Wehmut den Wohnwagen immer kleiner werden. Ich spürte es genau, ich werde nie mehr auch nur eine Nacht in ihm verbringen. Diese zwei Wochen waren einzigartig, wir waren nicht mehr die unerfahren Teenager wie noch zuvor.

Sina saß vorne neben ihrem Vater, mit meinen Fingern streichelte ich ihren Hals. Sie lehnte sich zurück, schloss die Augen und genoss es sichtlich. Ihr Vater schaute uns kurz etwas verdutzt an, mir war das im Moment egal. Aber mein Kopf ließ mir keine Ruhe, er setzte wieder eine Gedankenspirale in Bewegung. Sofort versuchte ich, dagegen anzukämpfen, nur mit größter Mühe gelang mir das einigermaßen. Ich musste mich stark zusammenreißen, fast wären mir die Tränen gekommen. Warum war es mir nicht vergönnt, immer so glücklich sein?

Warum werde ich mit ziemlicher Sicherheit den Menschen verlieren, den ich über alles liebe, und der mich liebt, so wie ich bin? War das mein Schicksal, aber warum, was hatte ich gemacht? Die ganze Fahrt über kreisten meine Gedanken um diese Fragen. Ich war nicht in der Lage, irgendetwas zu sagen, es war äußerst ungewöhnlich für zehn Minuten nichts von mir zu hören. Sina drehte sich herum „Cat, was ist mit dir los, ist alles Ok" Ich versuchte unscheinbar zu lächeln, und antwortete ihr „Nichts, alles Ok, mach dir keine Gedanken" Ich konnte sie nicht täuschen, sie wusste nicht, was mich umtrieb, aber ihre Augen signalisierten mir, dass sie mir das nicht abnahm.

Gute vier Wochen dauerten unsere Ferien noch, die meiste Zeit verbrachten wir mit Michi und Silke. Mit aller Gewalt zwang ich mich nicht zu grübeln. Ich wollte jeden Tag genießen und Freude am Leben haben. Teilweise gelang es mir. Wenn wir im Freibad waren und zu viert herum alberten, war alles unbeschwert. Unser Platz am Neckar war unser Rückzuggebiet, wenn wir allein sein wollten. Es gab keinen Wohnwagen mehr, also blieb nur die Aue mit dem hohen Gras, nur dort konnten wir unsere Leidenschaft ausleben. Dabei erzählte Sina mir, das Silke auch keine Jungfrau mehr sei. Ich Trottel, jetzt war mir alles klar. Ich wunderte mich schon die ganze Zeit über Michis Verhalten, er redete und lachte bedeutend mehr als vorher. Wir freuten uns beide für Silke und Michi, meistens lagen sie am Neckar keine 100 Meter von uns entfernt.

Doch der August 1974 fiel fast komplett ins Wasser, jetzt war mir alles egal. Ich nahm Sina mit zu mir, wenn wir miteinander schlafen wollten, meine Mutter war noch sauer, dass ich sie angelogen hatte. Sie hatte Sinas Eltern, die ja in unserer Nachbarschaft wohnten, immer wieder gesehen, als wir in Bad Liebenzell waren. Es interessierte mich aber nicht besonders, ob sie sauer war, oder ob es ihr passte, wenn ich mit Sina den ganzen Abend in meinem Zimmer verbrachte.

Vorsorglich hatte ich immer abgeschlossen, aber sie probierte kein einziges Mal hereinzukommen. Nach einer Woche Regen hatte sie sich damit abgefunden. Wenn Sina andere Verpflichtungen hatte, besuchte ich Hector und meine Jungs. Neugierig wollten sie alles wissen über meine zwei Wochen allein mit Sina. Ich wollte nicht so viel erzählen und habe manche Sachen nur angedeutet. Nach kurzer Zeit stand dann wieder die Musik im Vordergrund unserer Gespräche. Ich begann am September eine Lehre. Nur Ralfi und Huppes, die beide ein Jahr älter waren, hatten schon ein Lehrjahr hinter sich. Die anderen trugen es mit Fassung, ich hatte aber ein ungutes Gefühl, und Hector ging es genauso. Wir spürten beide, dass eine harte Zeit auf uns zukommen würde.

Sinas Schule begann schon am 26. August. Ich stand eine Woche später am 2. September morgens um 7.00 Uhr vor meinem Lehrmeister. Nach einer kurzen Begrüßungsrede zeigte er uns den Umkleideraum, und ich bekam meine erste Latzhose in die Hand gedrückt. In mir sträubte sich alles, als ich dieses dunkelblaue Teil anzog. Wir bekamen Werkzeuge und verschiedene Fachbücher überreicht. Es dauerte nicht lange, und ich stand an meinem Schraubstock und feilte auf einem Stück U-Stahl herum. Was machte ich hier, vier Lehrjahre soll ich mich mit so einem Widersinn herumplagen?

Warum bin ich nicht einfach wieder abgehauen? Gleich am ersten Tag hätte ich das machen sollen. Die weiße Hexe wäre gegangen, da war ich mir sicher. Er hätte das keine Woche mitgemacht, aber mir fehlte dazu der Mut. So aber vergingen die Wochen, und ich versuchte krampfhaft, eine Lösung zu finden, die mir das alles erträglicher machen würde. Irgendwann kam ich zu der Erkenntnis, dass ich das nur durchstehen konnte, wenn ich alle meine positiven Gefühle abschaltete. Zumindest solange ich hier in diesem Loch verweilen musste. Die Tatsache, dass ich Sina unter der Woche nur selten zu Gesicht bekam, hat meine Laune vollkommen versaut. Wenn ich vor diesem blöden Schraubstock stand, war ich ein anderer Mensch.

Mein Verhalten veränderte sich enorm, dort wurde ich zu einem jähzornigen, aggressiven und unberechenbaren Menschen. Die Lehrlinge in meinem Lehrjahr verstanden schnell, dass es besser war, mich in Ruhe zu lassen. Aber die älteren, vom zweiten, dritten und vor allem die vom vierten Lehrjahr, ließen es ich nicht nehmen, derbe Scherze mit uns Neuen zu veranstalten. Dann lachten sie uns auch noch hämisch aus, die Todsünde mir gegenüber. In mir schaukelte sich einiges hoch, und ich spürte, lange geht das nicht mehr gut.

Der Tag kam schneller als ich dachte. Es war Tradition dass die Frischlinge vom ersten Lehrjahr, irgendwann von den älteren nach Feierabend mitsamt den Klamotten in eines dieser Sammelwaschbecken getaucht wurden. Wir wussten von diesem Schauspiel, aber da wir schon ein paar Wochen hinter uns hatten, rechneten wir nicht mehr damit. Doch eines Tages, ganz unverhofft, baute sich das vierte Lehrjahr vor uns im Umkleideraum auf. Sie drohten uns, wenn wir nicht selber in den Trog reinsteigen würden, geschehe es halt mit Gewalt. Die ersten Bemitleidenswerten ließen dies ohne Gegenwehr über sich ergehen. Als sie sich mich ausgesucht hatten, erklärte ich ihnen in ruhigem Ton, dass das keine gute Idee wäre, und sie mich besser in Ruhe lassen sollten. Für meinen Versuch, die Sache gütlich zu lösen, erntete ich nur Gelächter von allen Seiten.

Der Chef des ganzen Haufens, ein Dummschwätzer, kam grinsend auf mich zu. Ich unternahm einen letzten Versuch „Mach es nicht, es ist besser für uns beide" Mit dem Ergebnis, dass er noch dämlicher grinste, und gezielt auf mich zuhielt. Dann ging wieder mal alles sehr schnell, ich donnerte ihm meine geballte Faust mit voller Wucht in seine Fresse. Er flog mit dem Kopf voraus unter einen dieser Waschtröge, sein Blut verteilte sich auf dem Fliesenboden. Schlagartig waren alle ruhig, einige konnten es nicht fassen, was sie gerade erleben mussten. Sie zogen ihn unter dem Waschbecken vor, er hatte eine Platzwunde über dem Auge.

Die war eindeutig von meiner Faust, aber vom Sturz hatte er sich am Hinterkopf eine noch größere Wunde zugezogen. Ich zog mich schnell um und haute ab. Am nächsten Tag rechnete ich mit allem, vielleicht würden sie mich ja rausschmeißen. Es hätte mir nichts ausgemacht, im Gegenteil, man hätte mir einen Gefallen getan.

Doch es kam anders, niemand sagte etwas zu mir, und unser Lehrmeister war auch entspannt. Vorsichtig ließ ich meinen Blick durch die Lehrwerkstatt kreisen. Der Dummschwätzer war nicht da, seine Kollegen schauten mich nicht mal an. Mein Nebenmann an der Werkbank trat an mich heran und flüsterte mir ins Ohr. „Niemand hat was gesagt, dein Opfer ist krankgeschrieben, er hat aber dicht gehalten und gesagt, er wäre mit dem Moped hingefallen. Wir sind alle stolz auf dich" Damit meinte er alle vom ersten Lehrjahr, aber für mich war das ein Deja- vu Erlebnis. Über fünf Jahre nach meinem Ausraster mit Bernd nach der Schule brannten mir wieder die Sicherungen durch. Ein schlechtes Gewissen hatte ich auch diesmal nicht, nur dass durch diese Aktion die anderen stolz auf mich waren, behagte mir nicht. Was ganz genau der Grund war, dass niemand etwas gesagt hatte, konnte ich nur vermuten. Denn niemand erwähnte den Vorfall jemals wieder, es war ihnen, und besonders meinem Opfer, peinlich, dass ein junger vom ersten Lehrjahr sie aufgemischt hatte. Auf jeden Fall hatte ich nach diesem Erlebnis meine Ruhe, die ganze Lehrwerkstatt hatte Respekt vor mir.

Beim Fußball war ich inzwischen in der letzten Altersklasse der Jugendmannschaften angekommen. Samstags hatte ich keine Spiele mehr, nur noch am Sonntagmorgen. Sina stand bei jedem Heimspiel hinter meinem Tor. Sie musste sich in der Schule mächtig rein knien, unter der Woche war sie deshalb oft und lange am Büffeln. Doch ab und zu versprach sie, abends noch bei mir vorbeigekommen.

Das Warten wühlte mich wieder stark auf, wenn sie endlich kam, war der ganze Ärger vergessen, der sich tagsüber in mir angestaut hatte. Und wenn wir miteinander geschlafen hatten, was meistens der Fall war, war ich wieder ganz der alte. Vorher hatte ich sie jeden Tag in der Schule gesehen und fast immer das ganze Wochenende. Für mich war es schwer, damit umzugehen, aber ich musste mich damit abfinden. Es war mir klar, dass es in der Zukunft nicht besser werden würde. Als ich ihr die Geschichte von meinem Ausraster im Betrieb erzählte, war sie fassungslos. „Cat, das bist doch nicht du, wie konnte es so weit kommen" „Diese Arbeit, und diese ganzen Trottel in der Firma kann ich nicht ertragen. Du müsstest das einmal erleben, sobald ich die Lehrwerkstatt verlassen habe, muss ich mir die einfältigsten Kommentare wegen meiner Haare anhören.

Und der Dummschwätzer dem ich es gezeigt habe, war selber schuld, ich habe ihn zweimal gewarnt. „Aber du kannst ihn doch nicht deswegen halbtot schlagen" „Halbtot ist jetzt aber übertrieben, außerdem ist er drei Jahre älter als ich" „Cat, du musst dich zusammenreißen, ich weiß, welche Energie in dir schlummert, außerdem ist Gewalt keine Lösung. Das sind deine Worte" „Ich weiß, aber ich lasse mich nicht in die Wanne werfen, und ich lasse mich nicht auslachen. Nicht von denen, und sonst auch von keinem mehr". Meine Wut war deutlich zu hören, sie nahm mich in den Arm und drückte mich fest an sich heran. Nur sie konnte das, mich so in den Arm nehmen, dass sich die ganze Wut und der Ärger in Schall und Rauch auflösten.

So ging das Jahr 1974 zu Ende, ein in jeder Hinsicht erlebnisreiches Jahr. Es sollte das beste Jahr meines Lebens werden, auch wenn das letzte Vierteljahr mehr als ernüchternd war. Doch ich durfte die absolute Liebe und totale Hingabe erleben, das höchste, was einem im Leben passieren konnte. Für mich zumindest und trotz der Ungewissheit, was mir die Zukunft bringen wird, war ich dankbar und glücklich, diese Zeit mit diesem Mädchen erlebt haben zu dürfen.

Im Frühjahr 1975 kaufte ich mir von meinem ersten sauer verdienten Geld ein gebrauchtes Mofa. Ich war der letzte in der Clique, jeder meiner Musikfreaks konnte sich das schon vor mir leisten. Alle fuhren wir dieselbe Marke, ein Kreidler MF2 mit Zwei-Gang Automatic Schaltung. In Punkto Mobilität war das ein gewaltiger Vorschritt. Es machte riesigen Spaß zusammen die Gegend unsicher zu machen.

Mittlerweile verbrachte ich mehr Zeit mit den Jungs als mit Sina. Wir trafen uns weiter regelmäßig, aber für mein Verlangen nach ihr war es viel zu wenig. Wenn sie mal frühzeitig zuhause war, und der Lernstress es zuließ, versuchte sie herauszufinden, wo ich gerade abhing. Handy gab es damals noch nicht, trotzdem fand sie mich meistens. Für die Teenager heute vermutlich eine schwer vorstellbare Tatsache. Aber es war nicht so schwer, wie man vielleicht annehmen würde. Silke wusste fast immer, wo ich zu finden war. Wenn Michi mit mir und den Jungs zusammen war, wusste sie, wo wir steckten. Oder Michi war bei Silke, dann wusste er, wo ich war. Wenn wir nicht gerade mit unseren Mofas herumkurvten, waren wir sowieso entweder bei Ralfi oder Hector. Ralfi wechselte aber ständig seine Freundinnen, was dazu führte, dass sein Zimmer aufgrund wichtiger Erstaktivitäten immer öfter blockiert war.

So war Hectors Bude meist unsere erste Anlaufstation. Sein Zimmer hatte das Fenster zur Straße hin, man konnte sich von außen gut bemerkbar machen. Wenn Sina mich dort gefunden hatte, verlor ich keine Sekunde und ließ die Jungs alleine. Was Hector immer mit Kopfschütteln und einem ironischen Kommentar quittierte. Aber das war Ok, er durfte das, zu ihm und zu Michi hatte ich den engsten Kontakt. Mit Hector lag ich in vielen Dingen auf einer Wellenlänge.

In unserer Passion für die Musik gab es wenig Unterschiede, nur war für mich Sina das allerwichtigste. Und die Symbiose, Sina zusammen mit der Musik, war die höchste emotionale Stufe in meinem Leben. Er hatte das nie verstanden, obwohl er immer Affären hatte, aber nie war es etwas Festes. Für ein Mädchen hätte er seine Leidenschaft zur Gitarre nie eingeschränkt. Meine Lebensphase war im Moment alles andere als einfach, trotzdem war es eine geile Zeit. Wir hatten immer mächtig Spaß, wenn wir uns bei Hector trafen. Irgendeiner hatte immer was zu rauchen, und so waren die Abende kurzweilig und Mega lustig. Musikalisch begann das Jahr 1975 grandios. LED ZEPPELINs neue Scheibe Physical Graffiti wurde im Januar veröffentlicht. Das einzige Studio Doppelalbum, das die Band auf den Markt brachte, und ein weiteres Meisterwerk der größten Rockband aller Zeiten. Das Album war zusammen mit Wish You Were Here von Pink Floyd das Non plus Ultra der Rockmusik in diesem Jahr.

Eine Rock Lady machte auch das erste Mal auf sich aufmerksam, PATTI SMITH veröffentlichte mit Horses ihr erstes Album. Als die Scheibe auf den Markt kam, beeindruckte sie mich sofort. Diesmal war ich alleine mit meiner Meinung, die Jungs konnten wenig damit anfangen. Hector fand die Platte schlicht und ergreifend langweilig, als Gitarrenfreak und Jazz Rock Fan war ihm diese Musik zu spartanisch. Ich fand, dass Frauen die Rockmusik ungeheuer befruchteten, und es törnte mich total an, wenn sie auf der Bühne die gleiche Show abzogen wie die männlichen Musiker.

Im Frühjahr 1975 eröffnete in Ludwigsburg ein neues Jugendhaus, die Stadt hatte eine alte leer stehende Villa dafür zur Verfügung gestellt. Das wollten wir uns auf jeden Fall anschauen, und so ging die ganze Clique mitsamt unseren Frauen am Tag der Eröffnung dort hin. Mir gefiel die ganze Atmosphäre sofort, so viele Hippies und Freaks hatte ich in unserer Gegend noch nie auf einem Haufen gesehen.

Der erste Stock war für jeden frei zugänglich, dort war ein großes Zimmer, indem unter der Woche verschiedene Aktivitäten angeboten wurden. An einem Tag konnte man Tischtennis spielen, und an einem anderen durfte man zum Beispiel seine künstlerische Kreativität facettenreich ausleben. Es waren keine Grenzen gesetzt, wer Lust hatte konnte mitmachen. Ein kleines Cafe war auch integriert, alles in allem ein Ort, an dem man es gut aushalten konnte. Der wichtigste Tag aber war der Mittwochabend, da war nur Musik und Party angesagt. Das Motto des Abends hieß Villathek und wurde für uns zum Pflichtprogramm. Sina spürte genau, dass ich mich richtig wohl fühlte in diesem alten Gemäuer. Ich spürte dass sie meinen Enthusiasmus nicht teilte.

Sie ging später nur noch selten mit, und Mittwochabends war sie nur einmal dabei. Von unserem Dorf waren es nur wenige Kilometer bis dorthin, aber es war eine ganz andere Welt. Man traf dort immer super interessante Leute, die Gespräche hatten ein ganz anderes Niveau als das was ich vom Fußballplatz oder im Betrieb gewohnt war. Für mich war es eine unglaubliche Erweiterung meines Horizonts. Die anderen aus meiner Clique waren auch ganz angetan. Somit war die Villa für die nächsten zwei Jahre der Treffpunkt für uns in Ludwigsburg.

Insgeheim hatte ich gehofft, den Sommerurlaub dieses Jahr wieder mit Sina verbringen zu können. Vielleicht sogar wieder in unserem Wohnwagen, das wäre großartig gewesen. Aber ihre Planungen gingen in eine andere Richtung. Der Bruder ihres Vaters lebte in den USA, ihre Eltern wollten ihn schon lange besuchen. Dieses Jahr haben sie es sich fest vorgenommen, und Sina war selbstverständlich mit von der Partie. In mir war immer ein Funken Hoffnung, dass sie mich eventuell mitnehmen würden. Ich hätte aber nie gefragt, und niemals würde ich mich aufdrängen. Sina war alles andere als oberflächlich, und sie merkte, dass mich das beschäftigte. Es war eine komische Situation, die Diskussion darüber, war für uns beide unangenehm. So schoben wir das Problem lange vor uns her.

Als der Urlaub letztendlich ganz sicher war, redeten wir dann lange darüber. Sie fühlte sich dabei nicht wohl in ihrer Haut und erklärte mir, dass sie mehrfach mit ihren Eltern darüber gesprochen hatte. Sie kannten mich zwischenzeitlich sehr gut und konnten mich auch gut leiden. Trotzdem waren sie aber der Meinung, dass es besser wäre, wenn sie ohne mich fliegen würden. Sina war hin und hergerissen, das merkte ich genau. Ich glaube, in letzter Konsequenz dachte sie auch, dass es besser wäre, ohne mich zu gehen, aber das hätte sie nie zu mir gesagt. Sie wollte ihrem Sensibelchen nicht wehtun, und ich war ihr deshalb nicht böse. Die finanzielle Seite hätte ich ja auch noch klären müssen, dafür hatte ich eindeutig zu wenig Geld, aber wenn sie mir signalisiert hätten, das sie mich mitnehmen würden, hätte ich das Geld dafür irgendwie zusammen bekommen. Es war natürlich nur wieder eine Träumerei von mir, eigentlich hätte ich wissen müssen, dass das nicht machbar war. Es war klar, dass diese Reise ein weiterer Baustein für Sinas weitere Zukunft war.

Jetzt war ich wieder völlig alleine mit meinen Gedanken. An einem der folgenden Tage saß ich bei Hector und musste einen völlig abwesenden Eindruck gemacht haben. Er wusste, wenn ich fünf Minuten still da saß und vor mich hinstierte, war einiges im Busch. Mit einer Eselsgeduld probte er immer wieder verschiedene Griffe auf der Gitarre. Mit einem Mal hörte er auf und fragte mich „Cat, was ist los, gibt's wieder Unstimmigkeiten mit Sina" Nervös erzählte ich ihm die Geschichte über Sinas USA Urlaub. Er und Michi wussten am meisten von meinem Seelenleben Sie waren auch auf dem aktuellen Stand, was meine Zukunft mit Sina betraf. „Cat, warum tust du dir das an, du quälst dich ständig und ruinierst deine Nerven. Du musst loslassen können, sonst bekommst du einen Dachschaden". „Hector ich liebe sie, ich liebe sie über alles. Ich kann nicht loslassen, ich weiß nicht, wie ich ohne sie weiterleben soll" Stirnrunzelnd konzentrierte er sich wieder auf seine Gitarre Während er die erste Saite anschlug, sagte er eher beiläufig „Cat, die Frauen sind nochmal dein Untergang, aber ich merke schon, du bist ein hoffnungsloser Fall".

Die Schulferien begannen am 3. Juli, Sinas Flug ging am Sonntag, den 6. Juli, und erst für den 3. August war der Rückflug gebucht. Vier ganze Wochen, für mich ein erster Test, wie ich ohne sie klarkommen würde. Ich konnte mich nicht erinnern, wann wir uns das letzte Mal solange nicht gesehen hatten. Den Samstagabend vor ihrem Flug verbrachten wir zusammen bei mir, Ich ließ es mir nicht nehmen, sie auf meine eigene Weise zu verwöhnen. Sie war mental nicht so unbeschwert wie sonst, und es dauerte länger, bis sie sich fallen lassen konnte.

An diesem Abend fiel mir an ihr zum ersten Mal auf, dass sie plötzlich Probleme hatte, mir in die Augen zu schauen. Seltsamer Weise hatte ich mich für den Moment mit der Situation abgefunden. Ich sagte zu ihr, dass sie sich keinen Kopf machen solle und wünschte ihr einen schönen Urlaub. Sie umarmte mich lange als wir uns verabschiedeten. Bevor sie ging, sagte sie noch zu mir „Cat, ich habe dich nicht verdient, du bist zu gut für mich" Was für ein Unsinn, aber ich sagte nichts darauf. Sie hätte jeden haben können. Dass ich das unglaubliche Glück hatte mit ihr befreundet zu sein, mit ihr zu schlafen, noch dazu als erster in ihrem Leben, konnte ich mir sowieso nicht erklären. Ich war nie ein gläubiger Mensch, zumindest, was die Religion betrifft. Aber irgendeine höhere Macht muss es gut mit mir gemeint haben, also war ich froh, auch wenn mein Glück zeitlich begrenzt war.

Ich beschloss, zusammen mit meiner Clique, meinen Urlaub auf einem Campingplatz zu verbringen. Der Sommer war dieses Jahr perfekt, seit Mai hatte es kaum mehr geregnet, die Temperaturen lagen im Juli und August fast immer bei 30°. Mit unseren Mofas fuhren wir am 9. Juli zum Campingplatz am Waldsee. Der liegt zirka 50 km von unserem Ort entfernt, zwischen Murrhardt und Gaildorf, im Schwäbischen Wald. Das Gepäck und die Zelte fuhr uns Bibis Vater mit dem Auto voraus. Ich hatte mit Hector ein Zweimannzelt, Ralfi, Huppes und Bibi hatten zusammen ein großes Familienzelt, in dem noch die ganze Verpflegung und Kochausrüstung gelagert war.

Nur Michi war aus der Clique nicht dabei, er war mit Silke alleine im Urlaub. Wir ließen es uns gut gehen, in jeder Hinsicht. Ich empfand diese Freiheit in der Natur, zusammen mit meinen Kumpels, als eine tolle und neue Bereicherung in meinem bisherigen Leben. Hector hatte seine Akustikgitarre dabei. Es war unfassbar schön, wenn wir abends vor unseren Zelten saßen, Er für uns so Sachen wie „American Pie, Father and Son, oder Imagine" spielte. Es gelang mir sogar, wenigstens für kurze Zeit, nicht an Sina zu denken. Nur wenn er Angie spielte, war sie sofort mit ihrer ganzen Schönheit präsent in meinem Kopf und mir wurde es ganz warm ums Herz. Aber ich war selber schuld, ich bekniete Hector lange, den Song für mich einzuüben. Er fand gleich, dass das keine gute Idee war, aber davon wollte ich nichts wissen. Nach kurzer Zeit war er die Sensation auf dem Campingplatz, und die Zuhörerschaft vergrößerte sich täglich.

Darunter waren viele Mädchen, das war nichts neues, immer wenn er in der Öffentlichkeit Gitarre spielte, scharten sich die Mädchen um ihn. So lernte ich auch Marina kennen, sie stand schon am zweiten Abend bei uns und lauschte andächtig Hectors Darbietung. Sie war zwei Jahre älter, hatte blonde lange Haare und war ein außergewöhnlich attraktives Mädchen. Wir verstanden uns von Anfang an gut, die Jungs merkten schnell, was da vor sich ging, zwinkerten mir laufend zu. Ralfi beneidete mich, er stand total auf blonde Mädchen, konnte aber bisher nicht bei ihr landen. An einem der folgenden Abende saßen wir ein wenig abseits, sie hat mir dabei deutlich signalisiert, dass sie gerne mehr wollte, als nur reden. In meinem Kopf ging mal wieder alles kreuz und quer durcheinander. Als ich endlich einen Gedanken fassen konnte, war klar, ich konnte mich nicht darauf einlassen. Händeringend versuchte ich ihr, das zu erklären, aber sie schaute mich nur verständnislos an und sagte. „Wen stört es, wenn du hier mit mir schläfst? Weißt du was deine Süße in Amerika macht" Das wollte ich jetzt auf keinen Fall hören und mir schon gar nicht Gedanken darüber machen. Das Ergebnis dieser Unterhaltung war, dass sie am nächsten Tag mit Ralfi loszog.

Es störte mich nicht, ich war eher ein wenig erleichtert. Die Jungs hatten überhaupt kein Verständnis für mein Verhalten. Hector sagte zu den anderen „Ich habe es euch gesagt, Cat ist ein hoffnungsloser Fall".

Zwei Wochen verbrachten wir auf dem Campingplatz, ich blieb die ganze Zeit über hart. Es ergaben sich noch mehrere Möglichkeiten, aber ich konnte nicht über meinen Schatten springen, und ich wollte es auch nicht. Und wirklich keiner, der das mitbekam, hatte es verstanden. Für mich war das nur wieder der Beweis, dass ich anders veranlagt bin als meine Freunde, und wahrscheinlich auch als die meisten Menschen auf diesem Planeten. Als wir wieder zuhause waren, hatte ich noch eine Woche Urlaub. Die wollte ich ganz auskosten, bevor ich wieder in diese Tretmühle von Firma musste. Beim Fußball war gerade auch Sommerpause, so dass ich die ganze Woche tun und lassen konnte, was ich wollte. Abends war ich jetzt immer öfter in der Villa. Ich schloss mich dort einer Initiative, die sich für bessere Haftbedingungen der RAF Gefangenen einsetzte. Das hatte aber nichts mehr mit der Glorifizierung zu tun, die ich noch vor einem Jahr inne hatte. Dass der Weg falsch war, den die RAF eingeschlagen hatte, hatte ich längst begriffen. Trotzdem fand ich, dass der Staat da überreagierte mit seinen ganzen Maßnahmen und in der Art und Weise, wie er mit den RAF Leuten umgegangen war. Es war eine interessante Truppe, die sich da einmal im Monat im Cafe des Jugendhauses traf, wobei zwei Drittel davon Frauen waren. Sie waren es auch die, das Heft in der Hand hatten, und gemeinsame Aktionen planten, ihr Engagement war für mich erstaunlich.

Drei Tage bevor Sina wieder vom Urlaub zurück kam, saß ich abends ganz alleine im Jugendhaus Cafe und wusste nicht so recht, was ich mit mir anfangen sollte. In der Ecke stand ein alter Wohnzimmerschrank auf dem mehrere Zeitschriften, Bücher und verschiedene Dossiers lagen. Um mir die Zeit ein bisschen zu vertreiben, schaute ich mal nach, ob etwas Interessantes für mich dabei war.

Schnell überflog ich den ganzen Lesestoff, ohne etwas zu erwarten. Plötzlich blieben meine Augen an einer Dossier Mappe hängen, dort stand auf dem Umschlag in großen Buchstaben „Hippies" und klein darunter „Die Geschichte einer friedlichen Kultur" Jetzt waren meine Sinne geschärft und neugierig nahm ich die Mappe mit an meinen Tisch. Eine Minute später war ich voll und ganz vertieft in diese Lektüre. Die Hippies hatten mich schon sehr früh interessiert, ohne dass ich wusste, was denn genau unter einem Hippie zu verstehen war. Dieses Dossier gab mir einen umfangreichen Einblick in diese unorganisierte Protestbewegung. Was ich da zu lesen bekam, lehrte mich endlich den Sinn für mein Leben und für mein Dasein zu verstehen.

*„ Die Hippies protestierten friedlich gegen Kultur und politische Ordnung der modernen Wohlstands-und Leistungsgesellschaft. Statt eine differenzierte Weltanschauung zu entwickeln, führten sie ein Leben in friedvoller, freier, natürlicher Gemeinschaft, die von Liebe, sexuellem Genuss, und Farbenbracht geprägt war. Gegen die Monotonie und Erstarrung der bürgerlichen Gesellschaft, gegen die Verlogenheit und Kriegstreiberei, gegen Materialismus und Gefühlskälte, setzten sie neue Erlebniswelten, und als Kampfmittel, die Flower Power und Musik"

Ich war sprachlos, das war zu einhundert Prozent konform mit der Gesellschaft, in der ich gerne leben würde. Nur hätte ich es nie so ausdrücken können. Gierig las ich weiter.

*aus: Ulrich Harbecke, Abenteuer Bundesrepublik Bastei Lübbe 1983, S.119

http://www.detlev-mahnert.de/hippies.htm

"Es gibt sie in allen hoch industrialisierten Ländern. Sie sind unter uns, aufsässige Kinder gelangweilter Eltern. Angewidert von Materialismus, Gefühlskälte, Ruhelosigkeit, Gewinnsucht und Oberflächlichkeit. * Statt zu versuchen, die Gesellschaft von innen zu reformieren, wollten sie aus ihr aussteigen und eine Gegengesellschaft aufbauen, deren positive Ausstrahlung schon bald vor allem gleichaltrige ebenfalls zum Ausstieg motivieren sollte"

Natürlich, wir schrieben das Jahr 1975, und nicht mehr 1967, ich musste feststellen, dass ich zehn Jahre zu spät geboren war. Aber es war kein Grund für mich, nur weil die Hippiekultur bedauerlicher Weise auf dem Rückzug war, diese Lebensphilosophie nicht zu verinnerlichen. Ich verschlang das Dossier komplett.

*"Das Ziel der Hippies war eine antiautoritäre und enthierarchisierte Welt-und Wertordnung ohne Klassenunterschiede, Leistungsnormen, Unterdrückung, Grausamkeit und Kriege. Der Gesellschaft der Angst, wo jeder sich vor dem Vorgesetzten, dem Nachbarn, der Polizei, dem Schicksal und dem Anonymen fürchtet, boten die Hippies mit einer Gesellschaft Paroli, in der die Zusammenarbeit den Wettbewerb, Gleichheit die Hierarchie, Ehrlichkeit die Heuchelei, Einfachheit den Besitz und Glück den platten Materialismus dominieren sollte. Der Kapitalismus, so ihre zentrale Weltanschauung, hatte nur die materielle Seite des Lebens entwickelt und Seele und Geist verloren. Alle Werte wurden ihres Inhalts entleert und erstarren in bloßer Rhetorik"

aus: Klaus Farin Archiv für Jugendkulturen Hollstein 1981, S.50 Dossier von der Bundeszentrale für politische Bildung

****aus: Gisela Bonn, Unter Hippies Econ 1968**

http://www.detlev-mahnert.de/hippies.htm

*****aus: Klaus Farin Archiv für Jugendkulturen Hollstein 1981, Dossier von der Bundeszentrale für politische Bildung**

http://www.bpb.de/gesellschaft/kultur/jugendkulturen-in-deutschland/36172/die-hippies

Wow, ich war platt, jetzt war mir klar, warum die Hippies damals und heute, von großen Teilen der Gesellschaft so schlecht gemacht wurden. Warum überall bei diesen Kleingeistern verächtlich und abwertend über sie geredet wurde. Weil die Hippies ihnen den Spiegel vorgehalten hatten. Weil es für den Menschen eine andere Bestimmung, eine Alternative gab, als diese heuchlerische konsumgeile Welt, die von Menschen geschaffen wurde, die absolut nichts begriffen hatten. Warum waren die Hippies wichtig? Weil man die Gesellschaft nur, wenn man sich von ihr entfernte, objektiv betrachten und herausfinden konnte, was falsch lief und was man ändern wollte. Ich las das ganze Dossier durch, der Nebel in meinem Kopf lichtete sich allmählich. Bisher hatte ich nur ganz wenige Hippies erlebt, lange Haare bei Männern waren kein Indiz für einen Hippie, sondern nur dem Zeitgeist geschuldet Aber ich wusste jetzt was meine Bestimmung war, und gleichzeitig wurde mir bewusst, dass mein Leben ein stetiger Kampf sein würde. Meine Ideale zu leben wird mich immer an den Rand der Gesellschaft drücken, und ich werde zeitlebens ein Außenseiter, ein einsamer Wolf bleiben.

Auf einmal war es mir möglich, einen nüchternen Blick auf meine Beziehung mit Sina zu werfen. Sie war ein Mädchen, der die ganze Welt offen stand. Was konnte ich ihr bieten, nichts außer meiner ganzen Liebe, totaler Hingabe und Leidenschaft. Das war mit großem Abstand vor allem anderen das Beste, was ich anzubieten hatte. Das wird aber nicht reichen für unser ganzes Leben, sie hatte eine andere Bestimmung. Sie würde sich in der Welt zurechtfinden, und sie würde Karriere machen, an dem Platz, an dem sie es sich immer gewünscht hatte. Ich aber bin ein Wandelnder, zwischen Realität und Traumwelt. Ich durfte nicht von ihr erwarten oder gar verlangen, dass sie alle ihre Ziele aufgibt, um mit mir ein Leben ohne Sicherheit zu leben. Das wäre selbstsüchtig und anmaßend, meine Liebe zu ihr werde ich jedoch niemals aufgeben.

Das musste ich aber mit mir alleine ausmachen. Ich durfte nicht klammern, und sie auf keinen Fall unter Druck setzen, ich musste loslassen. Eine Tugend, die ich mein ganzes Leben nicht richtig umsetzen konnte. Als mir diese Gedanken zusammen mit der schweren Erkenntnis durch den Kopf gingen, liefen mir dicke Tränen übers Gesicht. Ich saß jetzt ganz alleine im Cafe, die zwei Mädels, die an dem Tag das Cafe bewirtschafteten, schauten mich überrascht an. Sie wollten eigentlich das Cafe schließen, doch da ich so in mein Dossier vertieft war, ließen sie mich freundlicherweise in Ruhe. „Was ist los, ist was passiert" fragte mich dann eine der beiden. Ich brachte kein Wort heraus, tränenüberströmt und völlig fertig flüchtete ich so schnell es ging.

Ich konnte jetzt nicht nach Hause, ziellos irrte durch die Straßen von Ludwigsburg. Unvermittelt stand ich plötzlich vor der alten Stadthalle, in der ich mein erstes Rockkonzert erlebte. Es hört komisch an, aber dieser in die Jahre gekommene Kasten gab mir Trost in diesem Moment. Ich legte mich für wenige Stunden zum Schlafen auf eine der Sitzbänke, die um die Halle herum standen, rechtzeitig vor Arbeitsbeginn begab ich mich auf den Weg direkt zu meinem Ausbildungsbetrieb.

Als ich dort die ersten zwei Stunden mühsam hinter mich gebracht hatte, kam unvermittelt mein Lehrmeister auf mich zu. „Deine Mutter ist am Telefon und macht sich Sorgen, weil du heute Nacht nicht zu Hause warst" „Sagen sie ihr bitte, es ist alles Ok, ich komme nach der Arbeit heim". Als ich dann zu Hause die Türe aufschloss, empfing sie mich mit vorwurfsvoller Miene. Bevor sie loslegen konnte, fuhr ich ihr barsch über den Mund. „Lass mich bloß in Ruhe, ich gehe jetzt in mein Zimmer, und will heute niemanden mehr sehen" Eine halbe Stunde später klopfte es an meiner Zimmertür, genervt riss ich sie auf. Vor der Türe stand Utz und schaute mich erschrocken an. Ihm konnte ich nicht böse sein, er bemerkte schon lange, dass ich gerade in einer schwierigen Phase war. Dass das mit Sina zu tun hatte, war für ihn nicht schwer zu erraten.

Sorgenvoll sagte er zu mir „Mach das bitte nie wieder" Am Wochenende war ich öfters mal über Nacht weg, was ich aber immer angemeldet hatte. Unter der Woche ist es bisher noch nie vorgekommen, und schon gar nicht, ohne dass ich meine Eltern vorher informiert hatte.

Das Flugzeug mit Sina und ihren Eltern landete am 3. August auf dem Frankfurter Rhein Main Flughafen. Der dritte August war ein Sonntag, sie wollte sich auf jeden Fall melden und eventuell noch vorbeikommen. Sie kamen aber erst um 17.00 in Frankfurt an und bis sie dann zu Hause waren, war es zu spät. Sie rief aber kurz nach 21.00 bei mir an und versprach mir, dass wir uns am nächsten Tag auf jeden Fall sehen würden. Wir beschlossen, uns um halb fünf am Insele zu treffen. Sie hatte noch Sommerferien, meine Freude war riesengroß.

Noch nie habe ich einen Feierabend so herbeigesehnt. Als um 16.00 Uhr die Feierabendglocke ertönte, war ich schon auf dem Weg zum Umkleideraum. Keine fünf Minuten später saß ich auf dem Mofa und fuhr Richtung Neckar. Mein Gehirn gaukelte mir allerlei Szenarien vor, wie wird sie aussehen, vielleicht hatte sich die Situation bei ihr geändert. Nein, daran durfte ich nicht denken, ich wusste in naher Zukunft würde sich alles klären. Ich hämmerte mir meine Erkenntnis, zu der ich im Jugendhaus Cafe gekommen war, jeden Tag in den Kopf. Ich musste stark sein, ich musste loslassen, wir mussten viel bereden. Aber nicht heute, heute auf gar keinen Fall, ich verbot meinem Gehirn unter Androhung schlimmster Repressalien jegliche Grübelei. Als ich am Insele ankam, war sie schon da. Klar, sie hätte einen Kohlesack an haben können, ich wäre entzückt gewesen. Aber meine Vorstellungen wurden über alle Maßen übertroffen, sie war komplett neu eingekleidet. Nagelneue Lewis Jeans, weiße Nike Segeltuch Turnschuhe und ein obergeiles Batik T-Shirt. Ja, ich weiß, bei meiner neu gewonnen Lebenseinstellung war unnötiger Konsum und Markenklamotten verpönt, aber das war mir im Moment vollkommen wurscht. Außerdem galt das nur für mich und hatte nichts mit Sina zu tun.

Ich nahm mir nicht mal Zeit, mein Mofa auf den Ständer zu stellen, sondern stieg einfach ab und ließ das gute Teil in den Dreck fallen. Braungebrannt und lächelnd kam sie auf mich zu, kommentarlos fielen wir uns in die Arme und küssten uns voller Leidenschaft. Sie sah fantastisch aus, ich ließ sie nicht mehr los. Vor lauter Überschwang drückte ich sie ein kleines bisschen zu fest an mich. „Cat, du zerdrückst mich ja". Ihre ersten Worte nach vier Wochen, sie drangen in mein Ohr und sorgten umgehend für eine wohltuende Entspannung. Ich brachte immer noch kein Wort heraus, ich schaute sie nur an und hörte nicht auf ihren Rücken zu streicheln. „Hast du in den vier Wochen die Sprache verloren" „Nein ich bin einfach glücklich, dass du wieder da bist" Dann schaute sie etwas besorgt „Du hast siehst irgendwie abgespannt aus, was hast du denn getrieben, solange ich weg war" „Nichts Dramatisches, ich habe wenig geschlafen die letzten Tage" „Schau ich habe dir was mitgebracht" In ihrer Hand hielt sie eine Plastiktüte aus der sie ein Original LED ZEPPELIN T-Shirt der 1975er USA Tour hervorholte. Die Tour der Band in den USA ging von Januar bis März, das war also ein ganz aktuelles T-Shirt.

Was für ein großartiges Geschenk das einzige was ich hervor brachte war „Danke, Liebling, danke du bist die allergrößte" Als sie meine Freudentränen sah, wurde sie wieder verlegen und sagte „Komm hör auf, sonst heule ich gleich mit. Ich hoffe du hast heute nichts mehr vor" Was für eine Frage, was sollte ich heute noch vorhaben? „Komm lass uns an unseren Platz laufen" Ich ließ das Mofa dort liegen, wo es hingefallen ist, und schloss es nur ab.

Es war schön wieder gemeinsam mit ihr an unserem Platz zu liegen. In den vier Wochen war ich immer mal wieder alleine da. Mich zog es unwillkürlich dort hin, obwohl ich jedes Mal melancholisch wurde. Sie erzählte mir ausführlich und euphorisch vom Urlaub und ihren Eindrücken in den USA. Ich hörte ihr genau zu und spürte, es hat sich nichts geändert an ihren Zukunftsplanungen. Im Gegenteil der Urlaub hat sie in allem bestärkt, aber damit hatte ich ja gerechnet.

Außerdem hatte ich für mich einen Weg gefunden, um emotional damit klarzukommen. Ich hätte mich aber garantiert nicht dagegen gewehrt, wenn es anders gekommen wäre.

„Jetzt bist du aber an der Reihe, erzähl mal, wie war dein Urlaub" fragte sie mich urplötzlich. Ich erzählte dass wir viel Spaß zusammen hatten, und wie schön es war, wenn Hector abends für uns Gitarre spielte. „Sonst war nichts" „Was soll denn noch gewesen sein" Zuerst wusste ich nicht was sie meinte, aber ihrem spitzbübisches Lächeln merkte ich, dass sie was Bestimmtes hören wollte. Dann ging mir ein Licht auf „Michi! - Du hast schon mit Silke geredet, stimmst" Michi war am Waldsee nicht dabei, aber einer von den Jungs hatte ihm die Story mit Marina erzählt. Michi hat es natürlich Silke erzählt, logisch. „Ich habe da von einer blonden Schönheit gehört, auf die alle scharf waren, die aber dir eindeutige Angebote gemacht hat. Und du hast sie abblitzen lassen" „Wenn du schon alles weißt, muss ich ja nichts mehr erzählen" „Cat, du bist unglaublich, weißt du, ich glaube ich hätte dir nicht böse sein dürfen. Aber ich freue mich, und bin glücklich, dass du standhaft geblieben bist"

Mir lag es auf der Zunge, aber ich biss mir auf die Lippen, ich wollte keine weiteren Details über ihren Urlaub wissen. Sie musste wieder gespürt haben, was gerade durch meinen Kopf ging. „Mach dir keine Gedanken, ich bin auch standhaft geblieben, obwohl die Amis ziemlich hartnäckig sein können" Jetzt wollte ich nicht mehr weiterreden, sonst wären wir bestimmt auf das unausweichliche Thema gekommen. Meine Finger ertasteten ihren Busen, dann fielen wir regelrecht übereinander her. Ich war völlig ausgehungert, wir haben zweimal miteinander geschlafen. Die Tatsache dass sie jetzt die Pille nahm, gab der ganzen Sache nochmal einen Kick. Es war schon dunkel, als ich sie mit dem Mofa heimfuhr. Sie versprach mir, solange sie noch Ferien hätte, so viel Zeit wie möglich mit mir zu verbringen.

Die Sommerferien gingen bis 16.August, Sina hielt Wort. Wir sahen uns fast jeden Tag, und wir waren wieder oft mit Michi und Silke unterwegs. Wenn ich mich recht erinnere, gab es nur zwei Tage, an denen sie andere Verpflichtungen hatte. An einem dieser Tage an denen Sina keine Zeit hatte, war ich wieder in der Villa und las mir ganz bewusst das Dossier nochmal. Ich hatte Sina davon erzählt, auch dass ich mich an dieser Initiative für die RAF Gefangenen engagiere. Sie konnte mit beiden Dingen wenig anfangen, mein Interesse für die Hippies war nichts Neues für sie. Die RAF Initiative überraschte sie dann doch. Wir unterhielten uns wieder ausführlich darüber, ich konnte ihr aber glaubhaft machen, dass es mir nur um die Haftbedingungen ginge, und ich alle begangenen Taten rigoros ablehnte. Die letzten drei oder vier Tage vor Ferienende war sie ungewöhnlich nervös, und sie hatte wieder Schwierigkeiten, mir in die Augen zu schauen. Bei Silke stellte ich ein ähnliches Verhalten fest, sie wusste garantiert mehr als ich zu diesem Zeitpunkt. Die Situation wurde unerträglich für mich, ich übernahm dann die Initiative. Zwei Tage vor Ferienende saßen wir mal wieder zwischen den Weinbergen, und sie machte die ganze Zeit einen abwesenden Eindruck.

Ich fing dann das unvermeidliche Gespräch an

„Sina, ich weiß, wir müssen reden, ich glaube, wir haben das jetzt lange genug vor uns hergeschoben" Völlig überrascht schaute sie mich an, damit hatte sie nicht gerechnet, dass ich von mir aus damit beginnen würde. „Ja, Cat, du hast recht, ich fühle mich die letzten Tage richtig Scheiße und weiß nicht, wie ich beginnen soll" „Fang einfach an, ich bin auf alles vorbereitet" „Ok, es ist noch nicht zu Hundertprozent sicher, aber ich werde wahrscheinlich nach meiner Schule auf dem Rhein-Main Flughafen bei einer amerikanischen Fluggesellschaft eine Ausbildung beginnen. Aber das ist noch nicht alles, wir ziehen nächstes Jahr in den Sommerferien nach Frankfurt, meine Mutter kommt von da und hat dort ihre ganzen Verwandten.

Mein Vater hat jetzt in Frankfurt eine neue Stelle gefunden" Puh, mit letzterem habe ich nicht gerechnet, ich dachte, wenn sie ab und zu ihre Eltern hier besucht, sehen wir uns wenigstens einmal. Aber bestimmt musste es so kommen, und auch wenn es mir schwer fiel, es zu glauben, wahrscheinlich war es gut so. Ich ließ sie einfach weiter reden „Ich weiß, was ich dir damit antue, und es bricht mir das Herz, warum sagst du nichts, rede mit mir bitte" Ich umarmte sie, und mit Bedacht versuchte ich, meine Sicht der Lage zu erklären.

„Weißt du noch, was du zu mir gesagt hast, als wir uns im Monbachtal zum ersten Mal darüber unterhalten haben. Du bist ein Träumer und ein Idealist, du hattest völlig recht. Ich habe lange und intensiv darüber nachgedacht. Ich werde mein ganzes Leben Schwierigkeiten haben, mich in dieser Welt zurechtzufinden. Dir steht alles offen, aber was kann ich dir bieten, nur meine bedingungslose Liebe. Du brauchst aber ein gesundes Maß an Sicherheit für das Leben, das du dir so sehr wünschst. Ich möchte, dass du dir deine Ziele verwirklichen kannst, deshalb muss ich Verständnis dafür aufbringen, auch wenn es das schwerste Eingeständnis in meinem Leben ist" Auf ihre folgende Reaktion war ich nicht vorbereitet. Ich konnte förmlich sehen, wie ihr die Zornesröte ins Gesicht stieg.

Sie flippte total aus trommelte mit ihren Fäusten mehrfach hintereinander gegen meine Brust und schrie mich dabei an. „Hör auf, immer Verständnis für mich zu haben, warum bist du nicht einmal richtig sauer auf mich. Warum denkst du nie an dich. Glaubst du, mir macht das überhaupt nichts aus, seit Tagen heule ich Silke die Ohren voll und nachts in mein Kopfkissen. Ich weiß genau, was ich mit dir verliere, und ich weiß, was ich dir bedeute. Verständnis, Mann Cat, sage nie mehr, dass du Verständnis für mich hast" Hatte ich mich vorher noch einigermaßen unter Kontrolle, gab es jetzt kein Halten mehr. Ich fiel ihr um den Hals und wir heulten beide minutenlang Rotz und Wasser.

Sie schluchzte mir ins Ohr „Cat, bitte verzeih mir, du bist das Beste, was mir im Leben passieren konnte, du hast mich zur Frau gemacht, und du wirst immer in meinem Herzen sein"

Wir waren beide fix und fertig, und es dauerte lange, bis ich in der Lage war, wieder einen klaren Gedanken zu fassen. „Sina, ich würde dir gerne etwas erzählen, aber nur wenn du es hören willst. Ich möchte nichts damit erreichen, ich möchte dich nicht damit unter Druck setzten. Du brauchst kein schlechtes Gewissen haben, und ich will nicht alles noch verschärfen. Ich möchte nur dass du es weißt, und wenn es dich nervt oder zu nahe geht, sag es bitte und ich höre sofort auf" „Was soll mich jetzt noch schocken" schluchzte sie vor sich hin. Zum ersten Mal erzählte ich ihr die Geschichte von meiner Geburt, und dass ich mir in meiner Kindheit immer überflüssig vorkam. Dass ich mich dann oft fragte, warum ich eigentlich auf der Welt bin, und ich immer auf der Suche war nach ein bisschen Liebe. Dass die einzigen Lebewesen, die sich freuten wenn ich sie besuchte, meine Hasen aus Nachbars Garten waren. Und dass es auch die einzigen waren, bei denen ich Zuneigung empfand.

„Bis du in mein Leben getreten bist Sina. Du hast mir gezeigt, dass ich etwas wert bin, du hast mich immer akzeptiert, so wie ich bin. Und du hast mich erfahren lassen, wie schön es ist, geliebt zu werden, und wie schön es ist, Liebe zu geben. Dafür bin ich dir mein ganzes Leben dankbar, du brauchst in keinster Weise ein schlechtes Gewissen haben" Sie schaute mich eine Zeit nur an, und sagte dann „Was bist du nur für ein Mensch" Wir saßen noch lange ganz still nebeneinander, es war schon tief in der Nacht als ich sie heimbrachte. Wir umarmten uns und küssten uns auch kurz, aber vorerst machten wir nichts Neues. Bevor sie hinter der Eingangstür verschwand, sagte ich noch zu ihr „Dein Englisch ist ja jetzt perfekt, wenn du ganz genau wissen willst, was ich für ein Mensch ich bin, und wie es in meinem Leben weitergeht, dann übersetzte dir den Text von JOHN LENNONs Song Imagine" Sie nickte mir zu, dann entschwand sie ins Treppenhaus.

Auf dem Heimweg musste ich an meine Anfangszeit mit Sina denken. Unsere ganze Beziehung lief wie mit einem Zeitraffer vor meinen Augen ab. Ich musste an den Abend zu Anfang unserer Partnerschaft denken, an dem ich Sina auch nach Hause gebracht hatte, und mir Silke und Michi entgegen kamen. Da spürte ich schon, dass ich Sina irgendwann verlieren würde. Warum hatte ich diese Vorahnungen, die mich auch später oft heimsuchten. Ich konnte es mir nicht erklären, aber es geht gewaltig an die Substanz, wenn man Dinge vorhersieht, die einem das Herz brechen.

Ich hörte dann fast zwei Wochen nichts von Sina, doch dann kam sie zusammen mit Silke beim nächsten Heimspiel meiner Mannschaft auf den Sportplatz. Sie standen wie immer hinter meinem Tor, und als sich meine Mannschaft in der gegnerischen Spielhälfte festgebissen hatte, fragte sie mich „Hast du Zeit, sollen wir heute was zusammen unternehmen" Ich drehte mich herum und sagte zu ihr „Ich habe immer Zeit, wenn du mich sehen möchtest" Wir trafen uns nach dem Mittagessen, und gingen einige Stunden spazieren. Sie fragte mich, ob es Ok für mich wäre, wenn wir uns, solange sie noch hier wohnt, weiter treffen würden. „Solange du keinen anderen im Schlepptau hast, bleibst du mein Mädchen. Und wenn wir beide damit umgehen können, wäre es schön, wenn wir deine letzten Monate noch zusammen bleiben. Ich kann im Moment damit umgehen, allerdings weiß ich nicht, ob es bis zum Schluss so bleibt. Wenn es für einen von uns zu schwer wird, müssen wir Konsequenzen ziehen" Wir einigten uns genauso zu verfahren. Wir sahen uns nicht mehr so häufig und hatten auch nicht mehr so oft Sex miteinander. Wenn es aber passiert war, war es jedes Mal schön, auch wenn die Unbeschwertheit, die Leichtigkeit wie zu den Zeiten in unserem Wohnwagen nicht mehr da war.

Ich hätte gerne die Zeit angehalten, aber die Monate vergingen wie im Flug. Dienstag und Donnerstag hatte ich immer Fußballtraining, die sonstigen Tage unter der Woche verbrachte ich bei Hector, oder in der Villa. Die Wochenenden waren weiterhin für Sina reserviert. Meistens klappte es auch, dass wir diese zusammen verbringen konnten. Dass sie mich nach wie vor hinterm Tor angefeuerte, war sicher einer der Gründe, warum ich in der Phase in Topform war. Meinen Stammplatz in der Bezirksauswahl hatte ich mir gefestigt, und die verantwortlichen meines Vereins und mein Trainer sprachen davon, dass ich nicht zu halten wäre. Tatsächlich, der damals übermächtige Topverein 07 Ludwigsburg interessierte sich für mich. Der Verein war aber immer noch wegen seiner Arroganz gegenüber den umliegenden Dorfvereinen wenig gelitten.

Wenn man auch nur mit einem Wechsel zu den 07ern liebäugelte, musste man derbe Kommentare ertragen. Doch trotz alledem nahm ich die Einladung zu einem Probetraining an. Das verlief auch perfekt, ich glaube, ich hatte alle die zusahen, vollkommen überzeugt. Nach dem Training unterhielt ich mich noch mit dem Trainer und zwei Verantwortlichen der 07er.Ich hatte mich innerlich schon zu einem Vereinswechsel entschieden. Doch dann sagte einer der Verantwortlichen zum Schluss „Wenn du dir jetzt noch deine Haare schneiden lässt, passt du richtig zu uns" Ich sagte nichts dazu, verabschiedete mich dann freundlich von ihnen meldete, mich aber danach, obwohl sie mehrmals nachfragten, nie mehr bei ihnen.

Die Sommerferien 1976 begannen am 1. Juli, je näher der Termin rückte, desto unruhiger wurde ich. Vier Wochen vorher lag ich mit Sina wieder an unserem Platz am Neckar, wir waren beide angespannt und unruhig. Sina versuchte behutsam, mit mir ein paar Dinge zu besprechen. Sie machte sich Sorgen wegen meiner ausgeprägten fatalistischen Einstellung.

Ich hatte auch immer wieder mit dem Gedanken gespielt, meine Lehre abzubrechen und einfach zu verschwinden. Nach Indien oder Nepal, ich hatte mich zwischenzeitlich mit dem Buddhismus beschäftigt und fand, dass das die einzige Religion wäre, mit der ich mich anfreunden könnte. „Cat, mir liegen noch ein paar Dinge am Herzen, die ich gerne mit dir besprechen würde" „Natürlich, alles was du willst" Sie war immer noch die einzige, von der ich mir etwas sagen ließ. „Ich habe mir den Text von Imagine immer wieder durchgelesen, mittlerweile kann ich ihn auswendig. Ich glaube, niemand kennt dich besser als ich, und ich will dich nicht von deinen Idealen wegbringen. Aber bitte, denk wenigstens ein bisschen an deine Zukunft. Du musst etwas aus dir machen, bring deine Lehre zu Ende, danach kannst du dir immer noch was anderes überlegen. Kannst du dir nicht vorstellen, hier etwas Neues zu beginnen" „Was soll ich denn hier machen, was mich interessieren würde, wäre etwas im journalistischen Bereich. Dazu fehlt mir aber die Qualifikation und nochmal auf die Schule gehen konnte ich mir nicht mehr vorstellen" „Cat, bitte überlege es dir, du kannst nicht gegen die ganze Welt ankämpfen, da gehst du zugrunde" Ja, dieser Gedanke ging mir auch schon oft durch den Kopf, aber es war mir egal.

Wir unterhielten uns an diesem Tag sehr lange, auch über letzten Tage, die Sina noch da war. Wir spürten beide, wie sehr uns der Abschied nahe ging. So beschlossen wir, auf jegliche Abschiedszeremonien zu verzichten. So kam es dann auch, eine Woche bevor sie umzog, schliefen wir das letzte Mal miteinander. Danach ging alles schnell, wir hatten beide Tränen in den Augen und bevor wir unseren Emotionen nachgeben mussten, küssten wir uns ein letztes Mal. Zum Abschied schenkte ich ihr eine Kassette mit allen wichtigen Songs, die wir im Wohnwagen gehört hatten. Ob das eine kluge Idee war? Aber ich musste es einfach tun. Sie sagte mir, dass sie die Kassette im Moment nicht anhören könnte, aber sie würde sie immer in Ehren halten. Wir haben uns nicht mehr getroffen, bevor sie umgezogen ist.

Sie versprach mir aber, ab und zu aus Frankfurt anzurufen, und beschwor mich nochmal über ihre Worte wegen meiner Zukunft nachzudenken.

Dann war der Tag da, sie war weg, für immer. Ich stand an diesem Tag in der Lehrwerkstatt und war völlig leer im Kopf. Silke und Michi kamen nach Feierabend zu mir Hause, es war total schön, dass sie mich heute und auch an den nächsten Tagen nicht alleine ließen. Ich durfte nicht alles negativ sehen, es war ein Geschenk, solche Freunde zu haben. Michi brachte mir die aktuelle Live Platte von PETER FRAMPTON – Comes Alive mit. FRAMPTONs charakteristischer Gitarrensound, den er mit Verwendung der Talkbox, einem Effektgerät, mit dem er sein Gitarrenspiel durch einen Schlauch in seinem Mund kreierte, war neu und brachte mich tatsächlich für kurze Zeit auf andere Gedanken. Hector und die Jungs blieben mir auch, aber vor allem Michi war es jetzt, der mir jeden Tag zur Seite stand. Er wurde bis jetzt viel zu kurz erwähnt, er war ein fantastischer Mensch mit einer überragenden sozialen Intelligenz. Er und Ralfi spielten immer noch in meiner Mannschaft, und sie waren in dieser Phase immer für mich da.

Ich dachte, ich hätte die Trennung einigermaßen unter Kontrolle, aber jeder weitere Tag nach Sinas Umzug wurde schwerer für mich. Ich versuchte krampfhaft, dagegen vorzugehen, aber es gelang mir einfach nicht. Mein Verstand war nicht stark genug, um sich gegen die Macht der Gefühle durchzusetzen. Alle seine Versuche scheiterten kläglich an deren Dominanz. Erst jetzt hat sich die Tatsache mit allen Konsequenzen bei mir im Kopf durchgesetzt, Sina wird nie mehr da sein. Ich werde sie nie mehr in den Arm nehmen können, nie mehr ihren Bauchnabel liebkosen. Sie war mein ganzer Halt, der einzige Grund für mich zu leben. Zu lieben und Liebe zu bekommen, ist so schön, so einmalig, aber sie kann auch furchtbare Schmerzen bereiten. Was sollte ich nur ohne sie machen. Ich musste mich betäuben und konsumierte alles was ich in die Finger bekam.

Meistens Alkohol, nicht, weil es mir schmeckte, sondern weil Alkohol am leichtesten verfügbar war. Mir ging es richtig Scheiße nach einer Flasche Wodka, das war mir recht. Ich wollte, dass es mir Scheiße geht, und so war ich in den nächsten drei Wochen, jeden Tag nach der Arbeit betrunken. Meistens leerte ich die Flaschen alleine an unserem Platz zwischen den Weinbergen.

Dort fand mich so schnell niemand, und sobald es dunkel war, konnte ich von da aus in zehn Minuten heimtorkeln. Ins Training ging ich in der Zeit auch nicht mehr, und meine Leistungen bei den nächsten Spielen sanken auf ein niederes Niveau. Ich bekam Tore die ich sonst nie zugelassen hätte, mein Trainer war fassungslos. Mein Zustand drang nicht bis zu den Verantwortlichen der Bezirksauswahl durch, und ich wurde in den erweiterten Kreis der württembergischen Auswahl berufen. Meine Mitspieler und unser Trainer hatten die Hoffnung, dass ich durch diese Nominierung wieder ins normale Fahrwasser kommen würde.

Mit meinem kranken Kopf konnte ich diese Chance nicht erkennen und habe sie leider mit den Füßen getreten. Ich ging einfach nicht hin, ohne mich zu entschuldigen, ohne irgendjemand etwas davon zu sagen. Das war unerhört, und warf auch ein schlechtes Licht auf meinen Verein. Zuerst sprach mich niemand darauf an, aber nach unserem nächsten Vereinsspiel stellte mich unser Trainer vor versammelter Mannschaft im Umkleideraum zur Rede. Er war ein guter Trainer, und ich bin super mit ihm klargekommen, Er förderte mich immer und brachte mich bei den Leuten von der Auswahl ins Gespräch. Alle wussten, warum ich komplett neben der Spur war, von meinen Mitspielern machte mir keiner Vorwürfe. Der Trainer kannte Sina auch von ihrer regelmäßigen Anwesenheit bei unseren Heimspielen. Er versuchte erst in ruhigem Ton auf mich einzuwirken. Links neben mir saß Michi und rechts Ralfi. Beide sagten mir, ich solle mich zusammenreißen. Als ich mich aber gelangweilt zurücklehnte und durch meine Haltung deutlich signalisierte dass ich keinen Bock auf Moralpredigten hatte, verlor der Trainer die Contenance.

Er beschimpfte mich, wie man sich so eine einmalige Chance verbauen könne und noch dazu den Verein in Misskredit brachte. Aber dann schoss er übers Ziel hinaus, als er plötzlich sagte „Und alles nur wegen so einer dummen Göre" Das war ein Volltreffer, der sich gnadenlos in meinen Kopf bohrte. Ich mochte ihn wirklich, aber das hätte er nicht sagen sollen. Mein Gehirn war immer noch damit beschäftigt diese unglaubliche Frechheit irgendwie zu verarbeiten, da setzte mein Körper schon zum Sprung an. Michi beobachtete mich die ganze Zeit genau, gerade als ich auf den Trainer losstürmen wollte, hechtete sich der Teufelskerl um meinen Hals. Ich hätte niemals die Hand gegen Michi erhoben, aber er hätte mich nicht lange aufhalten können, ich hätte ihn einfach abgeschüttelt. Doch der kurze Moment, an dem er mich zurückhielt, reichte, dass Ralfi auch reagieren konnte. Beide hingen an mir dran und zerrten mich zu Boden. Unser Trainer stand mit weit aufgerissenen Augen da und war total perplex.

Ich beschimpfte ihn aufs übelste. Drohte ihm furchtbare Schläge an, wenn noch einmal ein böses Wort über Sina über seine Lippen käme. Für die nächsten Spiele wurde ich erst mal suspendiert und vom Training ausgeschlossen. Als Mannschaftskapitän war ich auch nicht mehr tragbar, ich wurde vom Trainer abgesetzt. Ins Training ging ich gerade sowieso nicht, und in meiner jetzigen Verfassung war es auch für die Mannschaft keine Schwächung, wenn ich nicht spielte. Michi ging mit mir nach Hause, zum erstmals redete er mir deutlich ins Gewissen, dass es so nicht weitergehen könne. Als er sich verabschiedete, sagte er noch zu mir „Ich muss mich jetzt zuerst mit Silke besprechen, sie ist über deinen Zustand bestens informiert. Und ich weiß, wo du dich vergräbst"

Als er fort war ging ich in den Weinkeller meines Vaters, und nahm mir zwei Flaschen Wein mit. Ich hatte mich schon öfters daraus versorgt, und es wunderte mich, dass mein Vater noch nichts gemerkt hatte. Dann saß ich wieder in den Weinbergen und war dabei, die erste Flasche zu leeren, da kam Michi mit Silke angelaufen.

Wenn Klartext geredet werden musste, hielt sich Michi meistens zurück, Silke aber war für eine deutliche Ansage bestens geeignet. „Cat, was soll das, wie lange willst du das noch fortführen" Trotzig antwortete ich ihr „Solange ich Lust habe" Für zehn Sekunden sagte niemand ein Wort. Dann wusch mir Silke den Kopf, wie ich es seit meiner Kindergartenzeit nicht mehr erlebt hatte. Sie schrie mich auf eine Art und Weise an, wie es sich nur ganz wenige Menschen erlauben durften.

„Was glaubst du eigentlich, was Sina sagen würde, wenn sie dich so sehen könnte. Glaubst du vielleicht, dass es einfach für sie war, glaubst du, sie hat nicht gelitten. Da bist du ganz bestimmt nicht der einzige, dem es dabei dreckig geht. Sie wusste genau, was sie mit dir verliert. Sie war so stolz auf dich, wenn du im Tor die unmöglichsten Bälle gehalten hast. Und sie war sich bewusst, dass sie mit großer Wahrscheinlichkeit niemand mehr so anbeten und lieben würde wie du. Aber verdammt noch mal, so ist das Leben. Du säufst dir die Hucke voll, obwohl du Alkohol verabscheust. Sina saß die letzten Wochen so oft bei mir und hat bitterlich geweint, weil sie wusste, wie sehr sie dir damit wehtut, und wie schwer es für dich wird. Ich dumme Kuh habe auch noch mit geheult, und jetzt sitzt du da, bemitleidest dich selber, und schüttest dir diese Scheißdroge in den Hals"

Schlagartig war ich völlig klar im Kopf, was war ich nur für ein erbärmliches Subjekt. Wortlos stand ich auf, beide schauten mich überrascht an. Ich leerte die angefangene Weinflasche aus, und nahm beide zusammen in meine Arme. „Ich verspreche, euch ich trinke in nächster Zeit keinen Tropfen Alkohol mehr. Das letzte, was ich will, wäre, wenn Sina erfahren müsste dass ich ein Loser geworden bin. Danke, ich bin so froh, dass ihr da seid" Ich drückte beide so fest an mich heran, dass sie anfingen, nach Luft zu ringen. „Cat, ist gut ich, bekomme keine Luft mehr" presste Michi mühsam heraus.

Silke sagte anschließend „Und dann wolltest du auch noch euren Trainer verhauen, du bist so ein Spinner, schau, dass du schnell wieder der alte wirst, wir brauchen dich wieder in einer normalen Verfassung" Wir blieben noch eine Weile sitzen, ich bat Michi mit unserem Trainer zu sprechen, er sollte ihm ausrichten, dass ich mich entschuldigen möchte. Ich bedankte mich bei ihm extra nochmal, dass er im Umkleideraum so schnell reagiert hatte. Sonst wäre die Situation wahrscheinlich nicht mehr zu kitten gewesen. Am späten Nachmittag begaben wir uns auf den Heimweg, beide begleiteten mich bis vor die Haustür. Sie umarmten mich beide herzlich und beschworen mich, dass ich mich sofort bei ihnen melden solle, bevor die Situation wieder unerträglich würde. Schnell schaffte ich die zweite noch ungeöffnete Weinflasche in den Keller zurück und verzog mich danach in mein Zimmer.

Was war das wieder für ein Tag, er hatte turbulent begonnen, und ging dann doch noch erfreulich zu Ende. In solchen Momenten gab es nur eines, was mich vollends auf die positive Seite drücken konnte, Stairway To Heaven, der größte Rock Song, der je geschrieben wurde und der einem in allen Lebensphasen helfen konnte.Es dauerte zwei oder drei Tage, bis ich den Alkohol und seine Nachwirkungen nicht mehr in meinem Körper spürte. Ich fühlte mich wie neu geboren, seitdem vermied ich Alkohol möglichst. Ab und zu ein Bier war Ok, aber härtere Sachen rührte ich nicht mehr an. Allein schon der Anblick einer Flasche Wodka, reichte, um mir ein mulmiges Gefühl im Magen zu bereiten. Mein einziges Laster war fortan, mit den Jungs ab und zu einen Joint durchzuziehen.

Die Lage im Verein klärte sich glücklicherweise schnell, beim nächsten Training entschuldigte ich mich bei meinem Trainer. Er nahm sie zu meiner Freude gleich an, und nahm sogar eine Teilschuld auf sich. Michi und Ralfi hätten ihm genau erklärt, wie sehr mir die Trennung mit Sina nachging. Er hätte bei dem Anschiss für mich Sina raushalten müssen. Dazu hätte er die falschen Worte gewählt, deshalb sei er mit schuld an dem Ausraster.

Ich war beeindruckt, das war ein großer Stil, den er da zeigte. Das nächste Spiel musste ich noch zuschauen, aber das war kein Problem, ich akzeptierte das ohne zu murren. Im Training haute ich mich mit neuem Elan vollauf rein. In kürzester Zeit war ich wieder der alte, die Katze vom Neckar. In der nächsten Saison wählten mich meine Mitspieler sogar wieder zum Mannschaftskapitän. Das Verhältnis zum Trainer war jetzt noch besser als vorher, es blieb nichts zwischen uns hängen. Nur in die Auswahl wurde ich nicht mehr berufen, meinen Fauxpas verzieh man mir dort nicht.

Im Frühjahr 1977 befand ich mich bei meiner Ausbildung auf der Zielgeraden, ich zog es tatsächlich durch bis zum Schluss. Vor einem Jahr hätte nicht viel gefehlt, und ich hätte alles hingeschmissen. Die einfältigen Kommentare meines Lehrmeisters und der anderen Bauerntölpel wegen meiner Haare störten mich nicht mehr. Da stand ich mittlerweile drüber und war insgesamt wesentlich entspannter. Silke und Michi waren immer noch zusammen, und wenn ich sie brauchte, waren sie für mich da. Mit den Frauen klappte es aber für eine längere Zeit nicht mehr so richtig, einen leichten Knacks hatte ich diesbezüglich abbekommen. Mit den Jungs war weiter alles in bester Ordnung, wir erlebten zusammen noch eine tolle Zeit. Nur Hector zog sich leider immer weiter von uns zurück, er konnte mit uns, warum auch immer, nicht mehr viel anfangen. Er schloss sich ganz anderen Leuten an.

Mit Sina telefonierte ich noch mehrere Male, und als sie später den Führerschein gemacht hatte, kam sie Silke, Michi und mich für einen Tag besuchen. Sie hatte ihre schönen langen braunen Haare abgeschnitten, zuerst ich war entsetzt, ließ mir aber nichts anmerken. Aber alle Veränderungen konnten ihrer Schönheit nichts anhaben, sie war eine richtige Lady geworden. Sie bleibt in meinem Herzen immer mein Mädchen, das war das letzte Mal das wir uns gesehen haben. Jahre später habe ich erfahren, dass sie in den USA wohnt, sie hatte sich ihren Lebenstraum verwirklicht, und ich freute mich wirklich für sie.

Einen schlimmen Schicksalsschlag musste ich aber noch verkraften, Hector verlor ich auch noch. Seine Karriere als Gitarrist hatte gerade erst begonnen, aber er war mit 19 Jahren den klassischen Tod eines Rockmusikers in den 70ern gestorben. Ich vergaß Sina und Hector nie, auch wenn mein weiteres Leben eine einzige Berg- und Talfahrt war. Aber ich bin froh und dankbar, meine Jugend, meine Sturm und Drangzeit in den 70ern erlebt haben zu dürfen. Was für ein unverschämtes Glück, meine Eltern mussten in der Nazizeit aufwachsen und haben Krieg und Elend erlebt. Die Zeiten danach, nein, da hätte ich mich noch schwerer getan. Nur wer die Freiheit in den 70er so intensiv erlebt hatte, wie ich, wird mich verstehen. Die Zeiten änderten sich kontinuierlich. Ob zum bessern darüber lässt sich trefflich streiten. Meine Meinung hierzu ist nach dem Lesen dieser Seiten sicher kein Geheimnis. Die weiße Hexe entschwand langsam aus meinem Gedächtnis, um später wesentlich intensiver zurückzukommen. Er war mein Bruder im Geiste. Ich bin mein ganzes Leben mit der Seele ein Hippie geblieben. Und ganz tief drin im Herzen habe ich ihn für immer abgespeichert, den Sommer 1974.

In ewiger Erinnerung

Hirschi (1959 – 1978)   Silvi (1959 - 1996)

Bertus (1958 - 2003)   Martin (1968 – 2013)

Die Clique 1975

Bild aus dem Privatarchiv von Klaus Abele

*

Danke

Ohne die Hilfe einiger Menschen hätte dieses Buch nicht geschrieben werden können. Mein aufrichtiger Dank gilt:

Nadja Abele, Sonja Böhm, Wolf-Dieter Marbach, Roland Wunderlich, Wolfgang Franz, Klaus-Peter Hofer, Phillip Kopp, Charly + Petra Scheerle, Bianca Jung, Uwe Abele, June Hofer Manuel Ventura, Karin Maier-Pionke.

Ein besonderer Dank an die Familie von Francisco das Chagas Marinho, und Luan Xavier, sowie dem Stadtarchiv in Ludwigsburg für die Freigabe zur Verwendung der Bilder

Für die Ermunterungen und Anregungen gleichfalls ein herzliches Dankeschön: Joe Sulz & Marion Haberbosch, Cedric Abele, Sandra Eisold, Melanie Mazzone, Andrea Leopold, Katharina Patzelt, Volker Hirsch, Sigrid Bertele, Zori Dierolf, Marika Linckh, Elke & Roland Spieß, Eva Pulvermüller, Stefanie Bareis

Die Hexe auf dem Titelbild wurde gezeichnet von Nadja Abele

Mick van Hint 2017

Soundtrack

Songs / Interpret / Album / Written

Immigrant Song/Led Zeppelin/Led Zeppelin 3/ 1970/Jimmy Page/Robert Plant
Speed King/Deep Purple/In Rock/1970/Blackmore, Glover, Gillan, Lord, Paice
Paraniod/Black Sabbath/Paranoid/1970/Iommi, Osbourne, Butler, Ward
Gypsy/Uriah Heep/VeryEavy....Very ´Umble/1970/Mick Box, Ken Hensley
Black Dog/Led Zeppelin/Led Zeppelin 4/1971/Page, Plant,J ones, Bonham
Battle Of Evermore/Led Zeppelin/Led Zeppelin 4/1971/Jimmy Page, Robert Plant
Stairway To Heaven/Led Zeppelin/Led Zeppelin 4/1971/ Jimmy Page, Robert Plant
Rock and Roll/Led Zeppelin /Led Zeppelin 4/1971/ Page, Plant, Jones, Bonham
Mama Weer All Grazee Now/Slade/Slayed/1972/Noddy Holder, Jim Lea
Rock Me Baby/David Cassidy/Rock Me Baby/1972/Jonny Cymbal, Peggy Clinger
Little Willy/The Sweet/The Sweet/1972/Nicky Chinn, Mike Chapmann
Hot Love/T.Rex/Electric Warrior/1971/Marc Bolan
Nights In White Satin/The Moody Blues/Days Of Future Passed/Justin Hayward
Without You/Harry Nilsson/Nilsson Schmilsson/1971/Peter Ham, Tom Evans
Mamy Blue/Pop Tops/Single/1971/Hubert Giraud, Phil Trim
Join Together/The Who/Single/1972/Pete Townshend
Hey Joe/Jimi Hendrix/Are You Experience/1967/William Moses, Billy Roberts jr.
Whole Lotta Love/Led Zeppelin/Led Zeppelin 2/1969/Page, Plant, Jones, Bonham,
                                                        Willie Dixon
Smoke on the Water/Deep Purple/Machine Head/1972/ Blackmore, Glover, Gillan,
                                                        Lord, Paice
Changes/Black Sabbath/Vol.4/1972/ Iommi, Osbourne, Butler, Ward
Child In Time/Deep Purple/In Rock/1970/ Blackmore, Glover, Gillan, Lord, Paice
Purple Haze/Jimi Hendrix/ Single/1967/Jimi Hendrix
Prince Kajuku/U F O/Flying/1971/Moog, Way, Parker, Bolton
Silverbird/U F O/Flying/1971/ Moog, Way, Parker, Bolton
C ´mon Everybody/U F O/UFO 1/1970/Eddie Cochran, Jerry Capehart
I´m Going Home/Ten Years After/Undead/1968/Alvin Lee
War Pigs/Black Sabbath/Paranoid/1970/ Iommi, Osbourne, Butler, Ward
April/Deep Purple/Deep Purple/1969/Ritchie Blackmore, Jon Lord
No Quarter/Led Zeppelin/Houses Of The Holy/1973/ Page, Plant, Jones
Willie the Pimp/Frank Zappa/Hot Rats/1969/Frank Zappa
Angie/The Rolling Stones/Gots Head Soup/1973/Mick Jagger, Keith Richards
Camarillo Brillo/Frank Zappa/Over- Nite Sensation/1973/Frank Zappa
Time Waits for No One/The Rolling Stones/It´s Only Rock ´n Roll/1974/Mick Jagger,
                                                        Keith Richards
School/Supertramp/Crime of The Century/1974/Roger Hodgson, Rick Davies
Thank You/Led Zeppelin/Led Zeppelin 2/1969/Jimmy Page, Robert Plant
Since I´ve Been Loving You/Led Zeppelin/Led Zeppelin 3/1970/Page, Plant, Jones
Tangerine/Led Zeppelin/Led Zeppelin 3/1970/Jimmy Page
Rain Song/Led Zeppelin/Houses Of The Holy/1973/ Jimmy Page, Robert Plant

Errors of My Way/Wishbone Ash/Wishbone Ash/1970/A. Powell, M. Turner,
T. Turner, S. Upton
Throw down The Sword/Wishbone Ash/Argus/1972/ A. Powell, M. Turner,
T. Turner, S. Upton
Persephone/Wishbone Ash/There´s The Rub/1974/ A. Powell, M. Turner,
T. Turner, S. Upton
Seasons In The Sun/Terry Jacks/Seasons In The Sun/1974/Jacques Brel, Rod McKuen
Samba Pa Ti/Santana/Abraxsas/1970/Carlos Santana
Let It Be/The Beatles/Let It Be/1970/ John Lennon, Paul McCartney
American Pie/Don McLean/American Pie/1971/Don McLean
Father and Son/Cat Stevens/Tea for the Tillerman/1970/Cat Stevens
Imagine/John Lennon/Imagine/1971/John Lennon

LP´s

Interpret / Album / Jahr

Led Zeppelin/Led Zeppelin 4/1971
Led Zeppelin/Houses Of The Holy/1973
Deep Purple/Made In Japan/1972
Chicken Shack/Unlucky Boy/1973
Pink Floyd/Dark Side Of The Moon/1973
U F O/Live/1971
Genesis/The Lamb Lies Down on Broadway/1974
Alan Stivell/´a ´l Olympia/1972
The Rolling Stones/It´s Only Rock ´n´Roll/1974
Deep Purple/Burn/1974
Wishbone Ash/There´s The Rub/1974
Supertramp/Crime Of The Century/1974
Led Zeppelin/Physical Graffiti/1975
Pink Floyd/Wish You Were Here/1975
Patti Smtih/Horses/1975
Peter Frampton/Frampton Comes Alive !/1976

Gerne hätte ich die Cover der im Buch erwähnten LPs abgebildet. Leider haben mir die Produktionsfirmen keine Lizenz erteilt.

FSC
www.fsc.org
MIX
Papier | Fördert
gute Waldnutzung
FSC® C083411

Zeitfracht Medien GmbH
Ferdinand-Jühlke-Straße 7
99095 Erfurt, Deutschland
produktsicherheit@kolibri360.de